AUGUSTE ANGELLIER

# DANS LA
# LUMIÈRE ANTIQUE

*LE LIVRE DES DIALOGUES*

*

## LES DIALOGUES D'AMOUR

*DEUXIEME ÉDITION*

PARIS
LIBRAIRIE HACHETTE ET C^{ie}
Boulevard Saint-Germain, 79

MCMXXIII

DANS LA

# LUMIÈRE ANTIQUE

Il a été tiré de cet ouvrage :

25 exemplaires sur papier du Japon.

25 exemplaires sur papier de Hollande.

Ces exemplaires sont numérotés.

A

MA MÈRE

A. A

# LE

# DIALOGUE

# DU VIEILLARD

# ET

# DE L'ADOLESCENT.

à *Ernest Dimnet*.

Une chaumine rustique, au haut d'un vallon resserré qui
s'élargit en descendant vers la mer dans une dépression
entre deux falaises peu élevées. Entre le porche formé de
montants grossièrement équarris et l'une des extrémités de
la façade, s'allonge un banc de bois, fixé contre la muraille,
et abrité sous un auvent de chaume. Deux hommes y sont
assis, un vieillard et un adolescent.

Un jardinet, abondant en fleurs éclatantes, et arrosé par
un ruisselet vif et lumineux, s'étend devant la maisonnette ;
il est borné, sur un de ses côtés, par une haie de buis épais
et taillés à hauteur des épaules d'un homme. Au-dessous,
le sol dévale vers la grève, en monticules de sable semés de
joncs marins et de chardons bleuâtres ; une ligne tortueuse
de verdure plus touffue et plus fraîche y marque le passage
du ruisseau. Au pied de la dune s'avance le môle d'un petit
havre invisible.

L'échancrure du terrain est remplie par un large segment

de mer ; et celle-ci, l'horizon étant plus haut que les falaises, apparaît au-dessus d'elles, des deux côtés, en une barre mince et luisante. Un ciel de riche azur la domine, au milieu duquel un grand nuage tourmenté lutte avec le soleil, et laisse passer, à travers de mobiles trouées, des faisceaux de rayons, les uns d'or, les autres d'argent, qui, éclairant variablement les flots, leur donnent aussi un aspect inquiet.

## LE VIEILLARD.

*Ne cherche pas l'Amour, s'il ne te poursuit pas ;*
*Laisse se détourner et s'éloigner ses pas*
*Du banc où, sous l'auvent de la vieille chaumine,*
*Tu regardes la mer houleuse qu'illumine,*
*En brisant un nuage, un soleil orageux.*
*Car c'est un dieu cruel ; les plus doux de ses jeux*
*Ne vont pas sans qu'il reste au bout de son doigt rose*
*Un peu du sang des cœurs sur lesquels il se pose.*
*Redoute le mon fils ; et puisque ces grands buis,*
*Où la brise entretient de légers et clairs bruits,*
*Te cachent à ses yeux, et couvrent ton haleine,*
*Qu'il ignore en passant ta présence prochaine,*
*Et suive son chemin vers les vastes cités.*
*Dans ce calme hameau que les jours abrités*

Ignorent les désirs, les cris et les souffrances ;
Sa flèche d'or est plus terrible que les lances
Dont le manche de frêne et la pointe de fer,
Perçant les boucliers, s'enfoncent dans la chair,
Et renversent les corps sur leur mare sanglante.
La blessure qu'il fait est plus profonde et lente ;
Dans ceux qu'il a frappés l'angoisse de mourir
Se prolonge ; leur peine, ô fils, est de sentir
Qu'ils ne pourront plus vivre ; ils ont, sur leurs fronts blêmes,
L'horreur de se savoir le sépulchre d'eux-mêmes ;
Le soleil et l'azur dont ils sont entourés
Ne peuvent plus toucher leurs yeux désespérés
Que pour accroître en eux la stupeur funéraire.
    A son embûche essaye, ô fils de te soustraire,
Et que les passions soient la mer que tu vois
De ce petit vallon paisible, et dont la voix
Redoutable se mêle aux soupirs de ton saule.
Elle est douce parfois, et caresse le môle
Où les pêcheurs chantant sont forcés de hâler
Leur barque dont la voile a peine à se gonfler,
Et sa douceur semble être un des bonheurs du monde.
Mais bientôt tu l'as vue, atroce et furibonde,
De tempête remplir l'horizon et le ciel,
Et, comme n'attendant qu'un formidable appel,

Envoyer jusqu'ici son écume et ses bavcs,
Et border à tes pieds le rivage d'épaves ;
Et quelques jours après on retrouvait les corps
Des marins qui chantaient en sortant de leurs ports.
Et n'as-tu pas alors mieux aimé ton village,
Blotti dans la falaise au-dessus du naufrage,
Où la proche forêt donne aux morts leur bûcher,
Ton jardin vert au bout duquel vibre un rucher,
Ton arpent de verger qui de fruits s'illumine,
Ton filet d'eau chantante, et ta sûre chaumine
Qui laisse entrer l'été par son volet ouvert,
Et dont le volet clos écarte l'âpre hiver ?
Crois-moi, plus que la Mer l'Amour est redoutable,
Contemple les de loin, sur ta butte de sable.


L'Adolescent.


O maître, tu dis vrai, j'ai vu des ouragans
Poursuivre et dévorer les navires fuyants ;
D'un cœur respectueux, j'accueille ta sagesse
Récoltée aux sillons de la vie, et je laisse
Tes conseils déposer en moi leur grain mûri.
Pourtant — car je ne sais te voiler mon esprit —

*J'ai vu des matelots rentrer de leurs voyages ;*
*Leurs corps étaient brûlés et secs, mais leurs visages*
*Étaient plus beaux, plus sûrs, plus achevés que ceux*
*Des hommes de la rive ; et surtout, dans leurs yeux,*
*Vivait une lueur plus profonde et plus grave,*
*Triste, il est vrai, mais si résignée et si brave*
*Que j'ai souvent pensé que seuls les ouragans,*
*Les traitant en égaux, les avaient faits plus grands,*
*Et qu'ils avaient trouvé dans leurs dangers un rêve*
*Qu'on ne discerne pas de notre pauvre grève.*
*Et peut-être en est-il de même de l'Amour !*


## Le Vieillard.

*Tu n'as connu que ceux qui fêtaient leur retour !*
*Mais l'épouvante au creux des houles entr'ouvertes,*
*Le morne désespoir sur des rives désertes,*
*Les yeux presque vidés de fixer l'horizon,*
*L'attente et la détresse où s'use la raison,*
*La bête renaissant autour d'un débris d'homme,*
*L'agonie où l'affreux supplice se consomme,*
*Pour qu'un jour un vaisseau, découvrant des îlots,*
*Trouve des ossements blanchis au bord des flots,*

*Voilà ce qu'aux marins cette Mer abhorrée*
*Réserve ; et parmi ceux dont tu vis la rentrée,*
*Plus d'un dort sur un lit de sable ou de corail,*
*Tandis que vers le pôle erre le gouvernail*
*Auquel il s'appuyait, lorsqu'au départ son geste*
*Rassurait ou la mère ou l'épouse qui reste*
*A l'attendre, en pleurant, au hâvre paternel !*
*Et l'Amour plus encor que la Mer est cruel.*

### L'ADOLESCENT.

*O maître tu dis vrai ! Je sais que la parole*
*Dans laquelle ton haut et calme esprit s'isole*
*Au-dessus des souhaits du monde et son effort,*
*Du sommet d'un coteau juge l'homme et son sort !*
*Tes pieds ont parcouru tous les chemins ; ton âme*
*Sait ce qu'il restera de cendre après la flamme ;*
*Et ton doigt magistral trace le cercle étroit*
*Où le rêve humain naît, se tourmente et décroît !*
*Et pourtant, je voudrais te montrer ma pensée,*
*Et de quel doute elle est quelquefois traversée,*
*Encor que mon esprit, assis aux pieds du tien,*
*Recueille les propos où je trouve un soutien.*

1*

## LE VIEILLARD.

*Parle-moi franchement. Je sais que la montée*
*Vers les sages sommets est longtemps tourmentée :*
*On erre autour du mont parmi les éboulis ;*
*Le sentier se recouvre et se coupe en leurs plis ;*
*La fuite de leurs rocs sous nos pieds nous déprime.*
*Mais le sol est plus ferme en montant vers la cime :*
*Si quelque compagnon, parti plus tôt que nous,*
*Nous montre le chemin de son bâton de houx,*
*Et guide de la voix notre marche entravée*
*Aux broussailles du bas qui cachent l'arrivée,*
*Nous reprenons courage, et bientôt nous voyons*
*Les penchants plus aisés, veloutés de rayons,*
*Sur lesquels nous attend l'ami qui nous précède.*
*Sa seule vue alors nous dirige et nous aide ;*
*Enfin, nous contemplons, assis à ses côtés,*
*L'indestructible paix des cieux illimités.*
*Mais il avait aussi traversé les passages*
*Qu'entasse au pied des monts le débris des orages ;*
*Et peut-être étaient-ils plus périlleux pour lui,*
*Puisqu'il partait sans guide, et montait sans appui.*
*Tu peux donc, ô mon fils, au début de ta route,*
*Me dire, à libre cœur, à libres mots, ton doute,*

## L'Adolescent.

*Puisque ton indulgence attend mon entretien,*
*Je te découvrirai ce que mon cœur contient,*
*Maître aux fermes conseils, que j'aime et je révère!*
*Tu connais la maison qu'habite l'étrangère*
*Qui vint dans ce hameau, quand les flots indécis,*
*Sous des cieux tour à tour ouverts ou rétrécis,*
*Tantôt rudes et gris, tantôt vermeils et lisses,*
*Suivaient les changements d'Avril et ses caprices.*
*Elle est hors du village, et blottie à l'écart ;*
*Vers le chemin, des ifs la cachent au regard ;*
*Et tu la vois le mieux du côté de la grève.*
*Un jardin, plein de fleurs, qui vers elle s'élève*
*De l'anse où le ruisseau se perd dans les osiers,*
*La laisse apercevoir couverte de rosiers*
*Qui grimpent sur son toit. Mille milliers de roses,*
*Qui s'entr'ouvent sans cesse et meurent large écloses,*
*Laissent choir, tout autour, leurs pétales pourprés,*
*Et jonchent d'un tapis royal les trois degrés*
*Où parfois l'étrangère, entre les fleurs assise,*
*Rêve jusqu'au moment où le couchant attise*
*La flamme des rosiers de son reflet de feu.*

### LE VIEILLARD.

*Tu passes donc souvent, ô mon fils, par ce lieu ?*


### L'ADOLESCENT.

*J'y passe, quand, des champs, je reviens par la plage.*
*On dit qu'elle est venue en ce lointain village*
*Chercher l'apaisement d'un cœur sombre et blessé,*
*Et l'incertain oubli d'un amour délaissé*
*Ou rompu, par la mort ou par l'ingratitude.*
*Il est vrai qu'elle a l'air, dans sa triste attitude,*
*De marcher dans le sang découlé de son sein,*
*Et l'on croit admirer le tragique dessin*
*D'un grand maître éloquent à peindre la souffrance.*


### LE VIEILLARD.

*C'est donc, ô mon cher fils, une fréquente chance*
*Qui te fait revenir par le bord de la mer ?*


### L'ADOLESCENT.

*Plutôt que de rentrer par le chemin couvert*

Que les chars de moisson ont fait blanc de poussière.
J'aime le sable humide et son ample lumière,
Où mes pas et mon front son touchés de fraîcheur.


LE VIEILLARD.

Poursuis !


L'ADOLESCENT.

Je la voyais, de loin, dans la rougeur
De ces riches rosiers, telle qu'une figure
Dont le sens deviné réside en sa posture,
Où tout un sentiment caressant ou cruel,
S'exprime et s'agrandit en maintien éternel.
Mais il perd l'éloquence, unique, âpre et vivace,
Où notre âme s'unit à lui sur notre face ;
Et l'étrangère était, pour mon regard rêveur,
Une noble statue au geste de douleur,
Qui semblait résumer la vie et non la vivre.


LE VIEILLARD.

Je t'écoute attentif, ô fils, tu peux poursuivre !

L'ADOLESCENT.

*L'autre jour, quand j'étais couché dans les osiers,*
*Je la vis s'éloigner des somptueux brasiers*
*Où son chagrin altier séjourne dans des flammes.*
*Elle vint jusqu'au bord de la mer où les lames,*
*Bien que le ciel très pur rayonnât de soleil,*
*Prises d'un courroux clair, lumineux et vermeil,*
*Bondissaient, rugissaient, blanchissaient jusqu'au large,*
*Autant qu'en ces jours noirs où l'horizon se charge*
*Et fléchit sous un poids sinistre d'ouragan.*
*Des bateaux s'enfuyaient, inclinés et voguant*
*Tantôt au creux des flots et tantôt à leur faîte.*
*Elle était immobile et droite sur la crête*
*D'une butte de sable où croissaient des chardons ;*
*Et je pensais à ces illustres abandons*
*D'amantes d'autrefois, au bord des mers laissées,*
*Pour un dernier regard, un dernier cri, dressées.*
*Elle resta longtemps à contempler la mer,*
*De ses yeux bleus ; peut-être un souvenir amer*
*Lui montrait-il aussi, dans ces houles, l'image*
*Qui passait tout à l'heure en ta parole sage,*
*Car la sagesse n'est, maître, qu'une douleur*
*Qui vit dans le cerveau quand elle est morte au cœur.*

LE VIEILLARD.

*Il se peut.*

L'ADOLESCENT.

*Je voyais de près son beau visage*
*Qui paraissait aussi porter un clair orage,*
*Apre, ardent et pareil à celui de la mer.*
*Ses cheveux, rejetés de son front découvert,*
*Comme un embrun doré volaient dans la lumière,*
*Ou battaient sur ses yeux émus de la colère*
*Qui roulait dans les flots verts et tumultueux ;*
*Et l'ouragan du ciel était moins spacieux*
*Que celui qui passait sur cette face humaine.*
*Elle se tenait droite et vacillant à peine*
*Par l'effort de son corps pour résister au vent.*
*Mais bientôt je ne sais quel reflet émouvant*
*De douleur apparut à travers sa tempête,*
*Apaisant, trait par trait, son admirable tête,*
*Dont les cheveux battus restaient seuls inquiets !*
*Et sa beauté passa dans de profonds secrets ;*
*L'eau claire de ses yeux devint intérieure,*
*Et fut la source pure et touchante qui pleure,*

Sous les ombres d'un bois, son chagrin résigné ;
Il sembla tout à coup que je fusse éloigné !
Puis, de cette invisible et profonde détresse,
Remonta je ne sais quel rayon de tendresse,
Un éclat caressant qui restait douloureux,
Mais ramenait son cœur des fonds mystérieux
Dans lesquels n'avait pu la suivre ma pensée ;
Et son âme en ses yeux revint, comme lassée
De sa descente obscure, illuminer des pleurs.
Puis tendresse et chagrin, confondant leurs lueurs,
Moururent l'un dans l'autre, et devinrent du Rêve,
Haut comme le nuage aux flancs duquel s'achève
Un beau jour apaisé qui connut l'ouragan.
Sa face enfin sereine, et triste cependant,
Devint à cet instant plus admirable encore ;
De minute en minute, elle semblait éclore,
Plus belle qu'elle même, en suprême beauté.
Quelque chose d'ardent, de pensif, d'exalté,
Quelque chose d'immense, en même temps intime,
Donnait une infinie étendue et sublime
A son recueillement sous son regard lointain.
Il semblait qu'on eût pu verser tout le Destin
Entre ses yeux perdus et son secret sourire ;
Tout ce qui peut souffrir, tout ce qui peut séduire

Était sur ce visage émouvant comme un chant ;
Et son rêve emplissait la beauté du couchant.

Car les portes des vents irrités s'étaient closes,
Et la mer n'ondulait qu'à peine en lents plis roses
Sur lesquels des oiseaux neigeux s'étaient posés ;
Le soleil s'approchait des flots tranquillisés,
Dans l'azur où naissaient des teintes de glycine,
Et la terre accueillait la vaste paix marine.
L'étrangère restait immobile ; longtemps
Je pus saisir encor ses beaux regards, flottants
Par delà les splendeurs dont l'occident ruisselle,
Et son sourire doux qui semblait loin en elle.
Quand le soleil ne fut, sous l'espace moins bleu,
Qu'un demi-disque d'or, coupé d'un trait de feu,
Et qu'au pied des chardons cessa leur ombre aigue,
Elle fut radieuse, un instant suspendue
Dans la gloire, au-dessus du tertre éteint et froid.
Rappelant ses regards de leur distant émoi,
Et le front incliné, d'une démarche lente,
Elle s'en retourna par le jardin en pente,
Dans ce dernier rayon qui ne la quittait pas,
Mais mourait sur le sol quand s'éloignaient ses pas,
Si bien qu'elle emportait la lumière avec elle.

Je l'aperçus gravir le seuil où s'amoncelle
L'amas de ses rosiers, dont chaque fleur brûlait
En brasier merveilleux, qui bientôt s'écroulait
Dans un suprême éclat plus ardent et plus tendre,
Comme si, pour s'éteindre, il eût voulu l'attendre.

Je m'en revins alors par la grève ; le soir
Descendait ; sur la mer cessaient de se mouvoir
Des lueurs qui mouraient en devenant livides ;
Et la nuit pénétrait aussi dans mes yeux vides
Du spectacle effacé, jusqu'à remplir mon cœur,
Mais les flots conservaient leur traînante douleur.


### Le Vieillard.

Je t'ai laissé, mon fils, achever ta peinture,
Mais la cause m'échappe ou me demeure obscure
Qui t'a mené si loin dans un si long récit.
Je ne vois pas encor paraître ce souci
Dont tu me demandais tantôt d'être le juge,
Et, sur d'autres chemins, ta parole transfuge
S'égare, en oubliant l'endroit où dès longtemps,
Puisque ton amitié m'en a prié, j'attends.

Reviens donc à ce point de doute et de scrupule
Que ce trop grand détour évite ou dissimule.


### L'Adolescent.

Maître, il est vrai, j'ai pu me laisser arrêter
Sur la route par où je pensais t'apporter
L'émoi de mon esprit et son incertitude.
Ne crois pas, cependant, que j'écarte ou j'élude
Le jugement austère où je viens les offrir ;
Accorde moi pardon d'avoir trop pris loisir
En venant au lieu dit rejoindre ta sagesse,
Et que mon doute enfin devant elle apparaisse.

Tandis que l'étrangère auprès des flots rêvait,
Je t'ai dit quel regard magnanime elle avait.
Ceux qu'ont les plus beaux yeux des filles du village,
Près de lui, semblent faits pour le commun usage,
Ternes, bornés et lourds ; leur calme pureté
N'est qu'un miroir rustique où rien n'est reflété.
Si dans l'un d'eux parfois une lumière passe,
Qu'elle est pâle et débile au bord du large espace
Qu'emplissait la ferveur de cet autre regard !
Quelle audace il avait dans son vaste départ !

*Quelles suavités au fond de son mystère !*
*Quelle ampleur d'âme il faut à ce front solitaire !*
*S'il est vrai que l'amour, même par ses tourments,*
*Mette un tel horizon dans les yeux des amants,*
*Et leur façonne un cœur pareil à sa tempête,*
*Ceux qui n'ont pas aimé n'ont qu'une âme imparfaite !*
*Ils suivent le sentier des souhaits journaliers,*
*Loin des désirs profonds, loin des bonheurs altiers,*
*Des jeux de l'espérance avec le désespoir,*
*Et des sérénités où, plus tard, le vouloir*
*Contemple une étendue égale à sa souffrance,*
*Et sur plus de douleurs répand plus d'indulgence.*
*J'ai peut-être franchi — maître, pardonne moi —*
*Le seuil où mon respect s'arrête devant toi,*
*Mais je n'ai pu garder mon esprit téméraire*
*De croire que ton cœur puissant, qui considère*
*Les plaines de la vie avec tant de clarté,*
*Sur de vastes chagrins prolonge sa bonté.*


LE VIEILLARD.


*Fils ! nous ne sommes pas maîtres de nos pensées !*
*Et qui de nous ne trouve aux saisons retracées*

Des peines dont le cœur emporte la leçon ?
Quel bélier n'a laissé de sa laine au buisson ?
Quel berger n'a blessé sa main à des épines ?
Quel bûcheron n'a pris son pied dans des racines ?
Quelle bouche n'a pas mâché de pain amer ?
Quel bouclier n'a pas été mordu du fer ?
Et ton propos ne veut — de quoi qu'il me souvienne —
Ni regret de ta part, ni pardon de la mienne.
Poursuis donc !


L'Adolescent.


Je n'ai pu m'empêcher de penser
Que cet amour qu'il faut ou fuir ou maîtriser,
Quelque cruel qu'il soit, est pourtant un haut maître,
Puisqu'il sait transformer ainsi ceux qu'il pénètre,
Puisqu'en les entraînant jusqu'où vont ses douleurs,
Il les conduit verser leurs soupirs et leurs pleurs
Aussi loin que la vie humaine peut s'étendre,
Aux caps au pied desquels on ne peut plus entendre
Que le déferlement infini de la Mort.
Mais il enseigne aussi l'espérance et l'effort ;

*Et parfois, m'a-t-on dit, il verse des extases,*
*De rares et divins délices, dans des vases*
*Si purs qu'ils semblent faits du cristal bleu du ciel,*
*Et notre lèvre y boit un instant immortel!*
*C'est ainsi qu'y jetant sa joie et sa tristesse,*
*Il donne à la terrestre argile sa richesse,*
*Où, comme des métaux par sa flamme fondus,*
*Les tourments endurés et les bonheurs perdus*
*Forment, de bronze et d'or, des cloches frémissantes,*
*Dans lesquelles des voix graves ou gémissantes*
*Proclament que l'Amour est l'artisan des cœurs.*


## LE VIEILLARD.


*Imprudent! c'est un bruit de remords, de fureurs!*
*N'entends-tu pas d'accents funèbres et tragiques?*


## L'ADOLESCENT.


*Non! J'en entends d'heureux! j'en entends d'héroïques!*
*Et même ceux qui sont affligés et navrés*
*Ont le rythme et le noble émoi de chants sacrés!*

## LE VIEILLARD.

*Vas encor! Cependant je crois que je devine*
*Vers quel doute trop clair ton propos s'achemine ;*
*Je crois voir, à travers ce que toi-même vis,*
*Le trouble que tu viens soumettre à mon avis ;*
*Et je m'étais trompé tantôt, quand mes reproches,*
*Trouvaient long le détour par lequel tu t'approches ;*
*Car c'est sur ce sentier que tu l'as ramassé.*
*Achève ton aveu puisqu'il est commencé.*


## L'ADOLESCENT.

*Quand tu m'as dénoncé l'Amour et son épreuve,*
*Et, dans des jours si froids que rien ne les émeuve,*
*Renfermé, loin des coups et des combats du sort,*
*L'horizon de l'espoir et l'aire de l'effort,*
*J'ai voulu consentir à cet arrêt austère.*
*Mais mon cœur se débat en moi pour s'y soustraire,*
*Ton discours vénéré ne l'a point convaincu*
*Qu'il doit cesser de vivre avant d'avoir vécu.*
*C'est mourir sans avoir accompli tout son être*
*Que d'arriver au jour ténébreux sans connaître*

Ce que l'Amour eût pu nous révéler de nous.
Et l'homme trop prudent de soi-même jaloux,
Est comme un manuscrit dont nul ne sait le terme,
A demi déroulé quand la Mort le referme.
Ceux-là vivent vraiment qui choisirent d'aimer,
Plutôt que de s'éteindre osant se consumer ;
Leur regard, éclatant de larmes et de flamme,
Pénètre en nous si loin qu'il agrandit notre âme.
Mieux vaut, pour un rameau, brûler que de pourrir,
Et pas une des fleurs dont il eût pu fleurir
N'a l'éclat de la fleur de feu qui le dévore !
Dans le calme insensible où tu veux les enclore,
Où nul vent ne respire et nul rayon ne luit,
Recouverts d'une mousse et d'un lichen d'ennui,
Les cœurs, désagrégés en déchéance sourde,
Pris de la pestilence intérieure et lourde
Qui suinte aux troncs verdis, les creuse et les moisit,
Périraient ! Plus heureux le chêneau qui choisit
De croître et de lutter au haut d'une colline :
Il tord ses bras dans l'air, crispe au sol sa racine,
Et battu par l'orage, et brûlé par le sel,
S'emplit dans tous les vents d'un gémissant appel ;
Mais il n'est point privé de caresses vermeilles,
Il a son nid d'oiseaux, et sa ruche d'abeilles,

*Il offre un pan d'ombrage au voyageur errant,*
*Et, plus tard, il fournit un bois solide et franc.*

*Car il m'apparaît vrai, maître, que ceux-là même*
*Qui connurent le plus les angoisses que sème*
*Le geste de l'Amour redoutable, sont ceux*
*Qui nourrissent le monde, où tout est oublieux,*
*De sagesse refaite à chaque chute d'hommes,*
*Quand viennent les hivers des feuilles que nous sommes.*
*Par eux, dans ce départ d'êtres toujours glissant.*
*La sagesse transmise et qui s'use en passant*
*De ceux qui l'ont trouvée à ceux qui la reçoivent,*
*Est sans cesse reprise et créée ; ils la boivent*
*Au flot que l'actuel chagrin fait sourdre en eux ;*
*Et c'est aussi la source où burent les aïeux !*
*Leur voix rend leur accent aux préceptes antiques,*
*Leurs pleurs lavent la rouille aux vieux airains stoïques ;*
*Les autres ont appris la sagesse ; ils la font,*
*Quand sur leurs souvenirs ils inclinent leur front,*
*Et que leur passé monte à leur regard tranquille.*
*Eux-mêmes sont la gerbe et tiennent la faucille,*
*Moissonneurs tout ensemble et moisson du tourment,*
*Le pain de la sagesse est fait de leur froment.*

## LE VIEILLARD.

*Et si le dernier mot de toute ta sagesse*
*N'est, imprudent enfant, qu'un soupir de détresse,*
*L'aveu que l'arc-en-ciel d'orgueil et de plaisir,*
*Que tu voulus poursuivre et que tu crus saisir,*
*N'est qu'un rayon fugace où se joue une pluie,*
*Moins beau que le rayon dont l'or prochain essuie*
*Les gouttes de rosée à l'herbe de ton seuil ;*
*Si tu ne gardes rien que l'incurable deuil*
*D'avoir perdu ta vie à poursuivre des rêves*
*Moins doux que le parfum de l'humble champ de fèves*
*Où l'abeille s'enivre au bout de ton jardin ;*
*Si tu n'as dans ton cœur que dégoût et dédain*
*Pour cet essaim féroce et hideux de chimères,*
*Qui laissent leur sanie et leur bave amères*
*Aux doigts ensanglantés de l'oiseleur hagard ;*
*Et si tes yeux ternis ramènent leur regard,*
*Comme vers un refuge, à cet arpent de terre*
*Que ton départ laissa stérile et solitaire ;*
*Que te servira-t-il d'avoir toi-même appris*
*Ce que c'est que l'Amour et quel en est le prix ?*
*Les risques des anciens nous épargnent les nôtres !*
*Accepte la sagesse acquise par les autres !*

L'ADOLESCENT.

*J'aurai connu l'espoir si je n'ai le bonheur.*

LE VIEILLARD.

*L'espoir n'est qu'un gradin aux pieds de la douleur !*

L'ADOLESCENT.

*De mes propres chagrins si ma sagesse est faite,*
*Elle est mon propre bien et ma propre conquête,*
*Elle est mon acte enfin ; l'autre n'est qu'une foi*
*Qu'une main étrangère a déposée en moi.*
*Celle que, par nos maux, nous avons méritée,*
*Comme elle parle mieux qu'une voix écoutée*
*Même avec déférence, ô mon maître, et respect !*
*Ce sont nos propres pleurs qui donnent son aspect,*
*Son vaste aspect tremblant et douloureux au monde ;*
*De quelques larmes qu'une autre face s'inonde,*
*Ce n'est qu'un flot amer sur des traits angoisseux,*
*Et nous voyons ces pleurs. sans voir à travers eux.*

Je panserai ma plaie avec mon propre baume !
Et si je dois, un jour, rapportant sous ce chaume
Des genoux las, des bras vaincus, un cœur navré,
Un front toujours scellé du mal remémoré,
Si je dois, sous ces buis et ces roses vermeilles,
Trouver dans le travail borné de mes abeilles
L'exemple de la vie et sa juste leçon,
O maître, j'aurai fait moi-même ma moisson ;
J'aurai, laborieux comme ces ouvrières,
Cueilli ce miel durable aux plantes éphémères,
Et fait de doux pollen mes rayons pour l'hiver !
Je posséderai mieux ce que j'aurai souffert.


Et ne se peut-il pas que l'Amour nous amène
Vers la sagesse aussi, sagesse plus sereine,
Qui garde la douceur que nous cherchions en lui,
Et dont son souvenir, resté cher, est l'appui ?
Que dis-je ? une sagesse où sa flamme est encore,
Que sa même ferveur illumine et colore,
Comme tu vois souvent un lustre velouté,
Par de nobles couchants sur nos gerbes jeté.
Oui ! l'Amour, dont l'orgueil du sang est le prélude,
Ne peut-il s'achever en sûre gratitude

Envers celle qui fit notre destin plus doux,
Comme envers le destin qui la mit près de nous?
Beaux soirs que l'union de deux âmes protège!
Sur des traits craquelés de rides, sous la neige,
J'ai vu, maître, j'ai vu, dans les yeux des vieillards,
Un passé de tendresse animer leur regards;
J'ai souhaité parfois baiser ces mains flétries,
Qui se tiennent durant les lentes causeries
Où repasse le flot des bonheurs d'autrefois,
Auquel se rajeunit l'accent usé des voix!


LE VIEILLARD.


Pour un de ces tableaux si rares que la Fable
A fait asseoir des Dieux bienveillants à la table
De deux époux vieillis qui, par l'un l'autre heureux,
Sont restés, à travers le brouillard de leurs yeux,
Tels qu'ils se sont connus à leur jeune rencontre,
Cherche ce que la vie, autour de toi, te montre
De désaccord, d'ennui, de mutuel soupçon,
De drame adultérin, de dégoût, d'abandon,
De haine où chaque jour ajoute une amertume!
Sur les amours vieillis vois flotter leur écume!

2*

*Et par quel sort propice, à toi seul réservé,*
*Crois-tu du lot commun devoir être sauvé ?*
*Tu penses retrouver, plus tard, sous ta chaumine,*
*La sagesse du soir ; mais pour qui s'achemine*
*Dans les sables mouvants et mortels de l'amour,*
*Sache que trop souvent il n'est plus de retour ;*
*Dans leur fluide étreinte il s'enfonce et s'enlise,*
*Et si même il connaît et veut fuir leur traîtrise,*
*Son corps, lorsqu'il en croit un membre libéré,*
*Est, sous son propre effort, par un autre attiré*
*A l'écroulement mou du gouffre opiniâtre ;*
*Il se débat en vain, et passe à se débattre,*
*Cherchant des yeux une aide, invoquant un secours,*
*De longs jours, tourmentés du regret d'autres jours,*
*Ceux qu'il aurait vécus sur la colline verte !*
*Tant qu'il cesse la lutte et consente à sa perte !*

On aperçoit, lentement hâlé le long du petit
môle, un bateau sur lequel les marins affairés
font les manœuvres du départ. Ils chantent,
tout en travaillant. On les entend distinctement.
Le premier et le dernier vers de chaque strophe
sont dits en chœur ; le reste de la strophe, par
une voix seule.

## La Chanson des Matelots.

*Nous sortons du port, nous prenons la mer !*
*Au mât redressé nous hissons les voiles,*
*Nous tournons la proue à l'espace ouvert,*
*On n'y voit le jour que le grand flot vert,*
*On n'y voit la nuit que l'or des étoiles !*

*Nous sortons du port, nous prenons la mer !*
*Nous avons assez du repos des rives,*
*Le sel âpre et pur manque à notre chair,*
*Nos yeux ont besoin du ciel vaste et clair,*
*Cueillez, ô terriens, vos paniers d'olives !*

*Nous sortons du port, nous prenons la mer !*
*Nous aimons en fils son grand sein qui roule,*
*Qui roule apaisé sous la paix de l'air,*
*Qui roule en heurtant l'orage et l'éclair :*
*Notre cœur grandit quand grandit la houle !*

*Nous sortons du port, nous prenons la mer !*
*Vous nous attendez, périls et fatigues ;*
*Nous serons demain les mêmes qu'hier,*
*Nous savons souffrir pour avoir souffert ;*
*Cueilliez, ô terriens, vos paniers de figues !*

*Nous sortons du port, nous prenons la mer !*
*La flamme du mât de vent frais est ivre,*
*De son foc tendu le navire est fier ;*
*Et si, loin de tous, le marin se perd,*
*Il meurt du destin qu'il a voulu vivre !*


L'ADOLESCENT.


*Entends, maître, entends-les ! Ce sont les matelots*
*Joyeux de retrouver l'aventure des flots !*
*Ils chantent leur départ ! Ecoute ce qu'ils disent !*
*L'ouragan qui déchire et les écueils qui brisent*
*Les voiles et les flancs du vaisseau balloté,*
*Ne sauraient les tenir sur ce bord abrité,*
*Dans la vie exiguë et terne qu'ils dédaignent !*
*La torpeur de nos sorts est le danger qu'ils craignent !*
*Leurs regards, que l'ampleur des horizons accroît,*
*Se sentent mutilés dans notre espace étroit,*
*Et captifs et pareils au goéland sauvage*
*Qui vit, l'aile coupée, au bord d'un marécage !*
*Quelle allégresse excite, exalte et bat leurs chants !*
*Comme ils semblent heureux, robustes et vaillants !*

### Le Vieillard.

*L'ivresse des départs est justement la preuve*
*De la folie humaine, à qui toute heure neuve*
*Semble belle, tandis qu'elle rompt ou détend*
*L'effort qu'il faut au cœur pour demeurer constant!*
*Devant l'incertitude effeuillante du rêve,*
*L'homme indécis s'éprend de tout ce qui l'enlève*
*A l'austère réel qui veut la volonté.*
*Mais chaque changement auquel il s'est jeté*
*A bientôt épuisé son ivresse futile ;*
*Tu restes sur ton cap, ô sagesse immobile!*
*Avant huit jours passés, ces marins trouveront*
*L'ennui, l'étroit ennui dans leur vaste horizon,*
*Et si les goëmons ne leur font un suaire,*
*Tu les verras joyeux de retrouver la terre,*
*Et tu les entendras chanter l'entrée au port,*
*D'un chant où l'allégresse aura le même essor.*

Au dessus des grands buis, et parce que le terrain derrière eux est en pente montante, on voit passer l'étrangère ; son buste, de profil, apparaît jusqu'au dessous de la gorge. Elle est très belle. Elle a dans ses cheveux une guirlande

de lierre et de pensées ; à son corsage une
touffe de roses ardentes. Elle chante sans savoir
qu'on la regarde et qu'on l'écoute.


La Chanson de l'Etrangère.

*L'Amour m'a blessée et m'a fait souffrir,*
*J'ai versé des pleurs, jai voulu mourir,*
    *L'Amour m'a blessée ;*
*J'ai voulu mourir, j'ai versé des pleurs,*
*J'ai mis sur mon front les plus sombres fleurs,*
    *L'Amour m'a blessée !*


*Sa main est divine, et je souffre encor*
*De son arc puissant, de ses flèches d'or,*
    *Sa main est divine ;*
*De ses flèches d'or, de son arc puissant,*
*Il frappa mon sein, rouge de mon sang,*
    *Sa main est divine !*


*J'aime ma blessure, et chéris les coups,*
*Redoutable Amour, tes tourments sont doux,*
    *J'aime ma blessure ;*

*Tes tourments sont doux, redoutable Amour,*
*Flamme de la nuit, lumière du jour,*
*J'aime ma blessure !*

### L'Adolescent.


*C'est l'étrangère, ô maître ! Ecoute ! Elle aussi chante*
*L'aventure d'amour et ses fiertés d'amante !*
*Elle salue aussi, de la même ferveur,*
*Cette mer dont les flots ont éprouvé son cœur,*
*En des drames d'espoir, d'ivresse et de courage,*
*Dont sa beauté puissante et profonde est l'ouvrage !*
*Elle en a rapporté ses merveilleux regards,*
*Après, farouches, doux, ardents, hautains, hagards,*
*Parfois étincelants, parfois tendres et vagues,*
*Où l'innombrable émoi des reflets et des vagues*
*A laissé son éclat, son charme et son effroi !*
*Certains amours sont-ils les égaux d'un exploit*
*Pour qu'on en sorte avec une face plus belle ?*
*Maître, regarde-la ! Peut-être ignore-t-elle*
*Le charme que ses traits ont pris à sa douleur ;*
*Je suis sûr qu'elle sait ce que lui doit son cœur !*

L'étrangère, gravissant un pli de terrain plus élevé que rencontre son sentier, s'y arrête un instant, de telle façon qu'elle apparaît de face et presque jusqu'aux pieds. Ses épaules dépassent la barre de mer qui brille au dessus de la ligne des falaises. Elle chante le front haut. — L'adolescent se lève du banc et s'approche de la haie pour la voir et l'entendre de plus près.

## CHANSON DE L'ÉTRANGÈRE

*Mon âme est plus grande et mon cœur plus fort,*
*Je garde l'orgueil d'un plus noble sort,*
   *Mon âme est plus grande ;*
*D'un plus noble sort je garde l'orgueil,*
*Et si ma fierté se nourrit de deuil,*
   *Mon âme est plus grande !*

Baissant le front, la femme redescend le monticule et continue son chemin, toujours ignorante d'aucune présence humaine.

Elle semble graduellement s'enfoncer derrière les buis ; on aperçoit encore, pendant un instant, son visage qui finit par être caché. — L'adolescent, au lieu de revenir vers le vieillard, fait quelques pas dans la direction de la mer.


LE VIEILLARD.

*Où veux-tu donc aller ?*


L'ADOLESCENT.

*Je m'en vais sur la grève*
*Voir les marins partir et cingler vers leur rêve,*
*Voir leur visage ardent et détourné du bord*
*S'animer, quand leurs bras s'unissent dans l'effort*
*Pour lancer le bateau sur la première houle,*
*Cependant que le câble où pend l'ancre s'enroule !*
*Je veux voir leur navire, incliné sur le flanc,*
*Bondir, voir le mât noir et le sillage blanc*
*S'éloigner, s'amoindrir, descendre et disparaître !*
*Ah ! combien je comprends leur joie ! ils vont connaître*

La mesure du monde et la leur ; ils verront,
Tranquilles à la fois et surpris, sur leur front,
Sur leur front orgueilleux, aux terres inconnues,
Brûler d'autres soleils et pleurer d'autres nues !
Ils prendront leur savoir à des peuples divers,
Ils donneront leur nom aux îlots découverts !
    En les suivant de vœux vers leur vaste odyssée,
O maître, je pourrai goûter dans ma pensée,
Le charme tout entier d'héroïques départs,
Si, dans le bruit des flots et de la brise épars,
Arrive jusqu'à moi le chant de cette femme,
Qui chérit, elle aussi, ce qui grandit son âme
Aux mers de passion, d'angoisse et de danger
Où tu voudrais garder les cœurs de voyager.


Le Vieillard.


Imprudent ! O mon fils ! Reste ici ! C'est un piège !
Ton vouloir flottera comme un morceau de liège,
Quand il est soulevé par l'écume du flot !
Ne reconnais-tu pas l'universel complot
Ourdi par la Nature autour des jeunes êtres ?
Pour les tous attirer parmi ses filets traîtres,

Pour vaincre et posséder les âmes et les chairs,
Du soupir d'une femme au murmure des mers,
Elle a tous les appâts et toutes les embûches !
   Voici bientôt l'instant, ô fils, où vers tes ruches
Vont rentrer les essaims de leur quête du jour ;
Tes brebis devant qui ton chien joyeux accourt,
Tes chèvres au pas lent, lourdes de leurs mamelles,
Vont revenir toucher, de leurs têtes fidèles,
La main du maître assis sur le banc familier ;
Et ton grand bœuf roussâtre, oublieux du bouvier,
En mugissant devant la porte de l'étable,
Te cherchera d'un œil pacifique ; ta table,
Pour le repas du soir, a le lait et les fruits,
Le broc d'étain attend, prêt à puiser aux muids
Le limpide clairet rafraîchi par la cave ;
Et l'odeur du jasmin de ton porche est suave !
C'est un présent des Dieux ! restes-en satisfait !
O fils ; ne leur sois point ingrat de ce bienfait !
Plutôt que de courir t'exposer aux orages,
A ceux qui t'ont permis, sous ces quelques ombrages,
L'abondance et la paix de ces quelques arpents,
Offre l'huile, le lait, l'or du miel, et répands
La joie et le souhait et la reconnaissance
De la part qu'à tes ans assigna leur clémence.

Les Dieux sont irrités, quand on fait fi des dons°
Qu'ils ont distribués aux heureux ; ces affronts
Ne sont pas impunis ; une heure vengeresse
Frappe, à coup sûr et prompt, l'imprudent qui transgresse
Le cercle où leur sentence avait mis ses destins !


## L'Adolescent.


N'est-il pas d'autres Dieux que les Dieux des jardins.
Je ne suis point ingrat de la faveur divine !
Les mortels ne sont pas des pins que leur racine
Attache obstinément aux rocs où ils sont nés !
Neptune ne veut pas qu'ils restent enchaînés,
Et Vénus ne veut pas qu'ils restent insensibles !
Ce sont des Dieux non moins exigeants et terribles
Que les Divinités qui donnent le repos.
L'un exige que l'homme obéisse à ses flots,
L'autre exige qu'il cède à l'attrait de ses flammes !
Tous deux ont châtié les membres et les âmes
De ceux qui prétendaient ignorer leur pouvoir ;
Sur leurs adorateurs tous deux ont laissé choir

*D'autres félicités et des bonheurs plus rares*
*Que ceux qui sont aux mains de nos modestes Lares !*
*Je veux, je veux aller, au bord de cette mer*
*Que Neptune soumet à son trident de fer,*
*Et d'où Vénus tira l'or de sa chevelure,*
*Offrir à leurs desseins mon âme encore obscure !*
*Ils me révèleront, par un signe certain,*
*Si l'un d'eux ou tous deux ont marqué mon destin*
*Pour les périls et pour les splendeurs de leur culte,*
*S'ils appellent mon cœur à leur noble tumulte,*
*Si je serai de ceux qui sont par eux élus*
*Pour garder ici-bas les regards résolus,*
*Les sourires profonds, pleins de tristesse sage,*
*Et les fronts couronnés par des traces d'orage.*
*Et si vous m'ordonnez, ô Dieux, de vous servir,*
*Me voici devant vous, prêt à vous obéir !*

Il s'éloigne vers la mer comme entraîné, et, traversant son petit jardin, disparaît presque aussitôt parmi les buttes de sable. Le vieillard qui l'a suivi du regard reste, un long instant, les yeux fixés sur l'endroit où il a cessé de le voir.

## LE VIEILLARD.

*Ah ! conseils toujours vains ! Faut-il que la sagesse,*
*Parmi tant de chagrins cueillie et de détresse,*
*Reste inutile aux bras lassés du moissonneur ?*
*Les mortels doivent-ils gagner chacun la leur,*
*Récolter de leurs doigts les épis sur la terre,*
*Puis conserver pour eux leur gerbe solitaire ?*
*Le fils a-t-il raison ? Ne pouvons-nous passer*
*Ce qu'il nous fut si dur et si long d'amasser,*
*Nos douloureux savoirs, aux hommes qui nous suivent,*
*Aux jeunes dont les cœurs sur nos tourments arrivent ?*
*Et ne tenons-nous rien, dans le creux de nos mains,*
*Que des propos sans prix et d'infructueux gains*
*Dont nous avons perdu le besoin pour nous-mêmes ?*
  *Qui connaîtra les sûrs et secrets stratagèmes*
*Du destin, pour créer et pour entretenir*
*L'antique aveuglement qui, vers lui, fait courir,*
*A rangs renouvelés, la multitude humaine ?*
*Va donc, ô pauvre enfant, où sa ruse t'entraîne !*
*Ces grands buis par lesquels ton banc est ombragé*
*Contre le Dieu cruel ne t'ont pas protégé ;*
*Il a su, derrière eux, découvrir ta jeunesse ;*
*Et l'a prise au travers de leur barrière épaisse.*

Rien ne peut arrêter ton pas fiévreux qui court
Vers le péril de mer et le péril d'amour,
Va donc, puisqu'il le faut, va chercher pour toi-même
Ce que des traits pâlis, des yeux creux, un front blême,
Un sourire qui n'est que d'automne et de soir,
Ce sourire où jadis jasait le jeune espoir,
Bercelet par la mort de l'enfant laissé vide,
Va chercher ce qu'un cœur frôlé du suicide,
Dans des larmes toujours et parfois dans du sang,
Pour notre pauvre esprit longtemps convalescent,
Elaborent enfin de sagesse attristée !
Alors, vers ta chaumine en sa dune abritée,
Tu reviendras songer — si jamais tu reviens —
Songer aux maux soufferts ; et tes longs entretiens,
Près des buis plus épais mais toujours inutiles,
A quelque adolescent aux désirs indociles,
Peut être rediront gravement mon conseil,
Et tu reconnaîtras, par quelque soir pareil,
Sur ta lèvre mes mots, ces mots qui viennent d'être,
O cher fils, impuissants contre ton nouveau maître !


Dieux, soyez lui cléments, toi qui troubles les flots,
Et toi dont la main rose apporte des sanglots !

Puisqu'il vous est soumis, ménagez-lui la peine ;
Consentez que sa part en soit faible, et prochaine
L'heure où vous jugerez, Dieux ! qu'il y soit soustrait.
A l'aurore, demain, je vous sacrifierai
A Neptune un bouc noir, à Vénus deux palombes,
Pour qu'il revienne au moins vieillir auprès des tombes
Des tranquilles aïeux qui moissonnaient leur champ,
Et qui, des cheveux noirs jusques au front penchant,
Épris de leur rustique épouse aux flancs robustes,
Jugeaient que leurs destins étaient heureux et justes,
Et, satisfaits d'un sort à leur vœux mesuré,
Se couchaient dans le sol qu'ils avaient labouré.

LE

DIALOGUE

DU  POTIER

ET

DE LA JEUNE FILLE.

A l'orée d'une claire bourgade, sur la route qui en sort, un hangar à toiture de chaume est ouvert, par un de ses côtés. On y voit un tour de potier, un établi sur lequel est posé un tas de glaise fraîche, et des outils de modelage suspendus au mur. Le potier, assis sur un escabeau, semble perdu dans une méditation. Un peu en arrière du hangar est le four, contre lequel sont appuyés des vases, des amphores aux couleurs vives, et quelques plaques de terre cuite avec des figures en relief.

De toutes parts, on aperçoit une riche campagne, parsemée d'une abondance d'arbres fruitiers dont la vaste floraison blanche est mélangée de quelques floraisons roses et mauves. A l'extrémité de cette plaine se montrent des alpes neigeuses et brillantes qui dominent et arrêtent la fuite indéfinie des vergers. L'heure est la jeunesse de la matinée.

Une jeune fille vient des dernières maisons de la petite

ville. Elle est vêtue d'une longue tunique de fine laine blanche, qui porte, autour de l'échancrure du cou, une bande de larges fleurs brodées en soie bleue; cet ornement est répété au bas de la robe. Elle suit la route qui passe devant l'atelier du potier, et celui-ci, qui l'a regardée venir, lui adresse ces mots quand elle arrive devant lui.

### Le Potier.

*Salut, vierge! les Dieux qui tiennent nos destins,*
*Laissant tomber sur nous les instants incertains,*
*Te donnent ce jour-ci paisible et radieux!*
*Que nul reflet chagrin ne traverse tes yeux,*
*De cette heure où ma voix t'exprime ce souhait,*
*Jusqu'à celle après qui le lendemain paraît;*
*Et que les jours suivants, imitant celui-ci,*
*Laissent ton front serein exempt de tout souci,*
*Afin que, le matin, quand tu sors de ton toit*
*Pour y rentrer le soir quand le soleil décroît,*
*Tu franchisses ton seuil sans y laisser d'ennui,*
*Et, sans en rapporter, tu reviennes vers lui.*

## La Jeune Fille.

Que t'entendent les Dieux, et, pour te rendre grâce,
Tu voudras bien, potier, qu'à mon tour je te fasse
Un vœu qui soit aussi proprice à ta journée :
Puisse-t-elle entreprendre une œuvre fortunée,
Qui, longtemps désirée, en un instant conçue,
Parmi les grands travaux de ton art soit reçue,
Et mette sur le nom de ton père une gloire
Qui l'égale à l'honneur de ceux qu'une victoire
Un traité pacifique, une loi sage et juste,
Ou le triomphe aux Jeux d'un corps souple et robuste,
Ont marqués pour porter l'immortelle verdure !
Que le rayon divin, sans lequel rien ne dure,
Visite le travail que tu vas entreprendre ;
Que ta main qui sait tout ce que l'art peut apprendre,
D'un toucher décisif et parfait l'exécute,
Pour que — quand tes cheveux seront gris — dans la lutte
Des meilleurs de nos jours pour notre gratitude,
Parmi leur généreuse et blanche multitude,
Comme un des plus bénis celui-ci t'apparaisse,
Et qu'en lui souriant, ton cœur le reconnaisse !

## Le Potier.

Ton cher souhait arrive au moment opportun !
Je ne m'en surprends pas, car je sais que chacun
De tes actes, ô vierge, et de tes mots contient
Je ne sais quoi de juste et doux, que ton maintien
Révèle à l'étranger qui t'aperçoit passer ;
Tes lèvres et tes mains ne savent dispenser
Rien qui ne soit heureux et sage et bienfaisant.
Et c'est pourquoi ce vœu dont tu me fais présent
Tombe à l'instant propice où mon travail est prêt,
Où mon âme s'emplit de ce vague intérêt
Qui semble précéder le sujet inconnu,
Dont rien, sauf son émoi, vers nous n'est parvenu,
Et qui nous tient charmés sans apparaître encor.
Mon tour impatient de son prochain essor
Frémit ; l'argile neuve en sa souple fraîcheur
Attend, du front penché, la goutte de sueur
Qui l'emplit, en tombant, d'un désir de beauté ;
Le rang de mes outils de buis est ajusté,
Et ma main s'approchait de la tâche du jour.
Si ton vœu, par les Dieux exaucé, me secourt,
Ce que j'entreprendrai, ce matin, vaudra mieux
Que tout ce que j'ai fait sans cet auspice heureux.

## La Jeune Fille.

Que vas-tu façonner dans ton humide argile,
Potier ? Elle est soumise à ta main et docile,
Que sur le tour rapide et sûr tu la travailles,
Ou qu'entre tes doigts fins naissent les fiançailles
Innombrables de sa souplesse avec ton rêve,
Tout ce qui germe et naît en ton esprit s'achève
En elle, aussi parfait qu'il l'est dans ta pensée ;
A rencontrer ton ordre elle est comme empressée ;
Que dis-je ? elle est l'esclave et l'esclave amoureuse
Qu'un peu de ton regard féconde et rend heureuse,
Qui cherche ton désir et vit de ton caprice.
Que ta paume l'étale, ou ton doigt la pétrisse,
Sous tes yeux demi-clos, quand ta main la manie,
Une âme la pénètre et qui semble infinie.


## Le Potier.

Que veux-tu qu'elle soit, ô vierge aux yeux d'azur ?
Veux-tu que je la change en un calice pur ?
Les deux anses seront, l'un à l'autre enlacés,
Deux rameaux qui, s'ouvrant, tiendront les bords pressés ;

Des pampres l'orneront de leur léger dessin,
Et, sur les deux côtés, deux grappes de raisin
Sembleront lourdement pendre à chaque rameau,
Dont l'un sera de vigne et le second d'ormeau.
Sur son pied d'abord mince et plus bas élargi,
Le calice aura l'air d'avoir soudain surgi,
Ainsi qu'un riche fruit qui n'est pas séparé
De son sol nourricier qui s'est de lui paré.
Afin que son destin ne soit pas frêle et court,
Je le ferai durcir dans la flamme du four,
Tant qu'il résonne au doigt comme un vase d'airain.
Quand je le tirerai hors du foyer éteint,
Les grappes seront d'or, le feuillage aura l'air,
Tout récemment cueilli, d'être encor jeune et vert ;
Les automnes futurs ne pourront le flétrir,
Et les ans écoulés ne feront qu'ennoblir
Son aspect, du toucher d'un effort impuissant ;
Leur main qui flétrit tout, sur son éclat passant,
Ne fera que marquer depuis combien de temps
Ses pampres restent verts et ses grains éclatants.
Je te le donnerai pour que ta bouche en fleur
Au vin brillant et clair trouve plus de saveur,
Et pour que, souriante en approchant son bord,
Tu croies et ne croies pas mordre à des grappes d'or.

LA JEUNE FILLE.

*Je ne bois que l'eau calme et franche des fontaines !*
*Le vin tumultueux, plein d'ivresses hautaines,*
*De courroux imprévus et de tristesse lourde,*
*Qu'il sorte d'un royal calice ou de la gourde*
*Que porte un mendiant suspendue à sa corde,*
*Est un brusque breuvage et brutal qui s'accorde*
*Avec les rudes mœurs et l'âpre cœur des hommes.*
*Qu'ils le gardent pour eux ! A nous, femmes, qui sommes*
*Amantes de la paix et des paroles douces,*
*La source sous son roc, le ruisseau sur ses mousses*
*Plaisent mieux que la cuve où la vendange écume,*
*Et l'eau qu'un plant prochain d'anémones parfume,*
*Limpide et dans le creux de nos mains aspirée,*
*Vaut le vin que contient l'amphore saupoudrée,*
*Qui porte dans ses flancs la vanité prolixe,*
*Le sarcasme grossier, la querelle et la rixe.*
*Tu garderas pour toi ton dangereux cratère*
*Où plus le buveur boit moins il se désaltère,*
*Tant que la marche auguste et sûre des étoiles*
*Se trouble et se confonde aux invisibles voiles*
*Dont la brumeuse ivresse enveloppe sa vue,*
*Et flotte dans les airs déchirée et tordue.*

*Je refuse un présent dont je ne sais que faire ;*
*Ou que ta main, qui tient tout un monde, confère*
*A ce monceau d'argile — où tu peux faire vivre*
*Les rêves que ton art de ton cerveau délivre*
*Et jette pour jamais affranchis dans l'espace —*
*Une beauté plus douce où ton œil se délasse*
*Des travaux que le goût des durs hommes réclame,*
*En quelque objet qui plaise à nos regards de femme.*


## LE POTIER.


*Que le calice donc demeure inexprimé !*
*Que dans l'argile informe il périsse enfermé,*
*S'il ne doit pas donner de plaisir à tes yeux !*

*Je veux faire un travail qui te convienne mieux !*
*Sur un long bas relief, j'ai longtemps médité*
*Un tableau de jeunesse allègre et de gaîté :*
*Adossé de l'épaule au tronc d'un vieil ormeau,*
*Ses deux chiens à ses pieds, un berger jeune et beau*
*Appuiera sur sa lèvre une flûte aux sept trous,*
*Et tu croiras entendre un chant ardent et doux*

Que saisit et répète Écho dans son rocher.
Des femmes dont le pas, s'arrêtant de marcher,
Se suspend pour partir sur le rythme plus prompt
Qui frappe leur oreille, auprès de lui feront
Un groupe impatient qui ne semble tenir
Qu'à peine au sol, levé du désir de bondir.
D'autres femmes déjà, belles, aux souples corps,
En arrière jetant leurs longs cheveux détors,
Dansent ; leurs doigts vibrants frappent des tambours plats,
Quelquefois aussi haut qu'atteignent leurs blancs bras,
Quelquefois presque à terre et contre leurs genoux ;
Leur robe transparente aux plis flottants et mous
Montre les mouvements changeants et sinueux
Que traverse leur corps toujours harmonieux ;
Et l'œil suivrait plutôt l'émoi toujours divers
Des tremblants peupliers agités dans les airs,
Leurs bras sont nus ; leurs seins sont nus ; leur pied léger
Reprend sur le gazon ses bonds sans l'outrager ;
En secouant la tête, elles jettent des fleurs
Qui dans leur chevelure enlacent leurs couleurs.
Sur deux tertres herbeux au tronc d'arbre opposés,
Un groupe de corps las aux gestes épuisés,
En désordre et pourtant avec art épandus,
Repose sur le sol ; les uns sont étendus

Comme dans le sommeil, d'autres presque ployés,
Ou couchés à demi sur le coude appuyés :
Ils gisent alanguis dans un savant repos,
Et l'œil prend moins plaisir à la courbe des flots
Qu'aux ondulations des hanches et des reins,
Aux méandres moëlleux du col aux molles mains,
Au lent serpentement voluptueux et doux
Montant et descendant de la gorge aux genoux,
Qui glissent sur chacun de ces beaux corps épars.
Une séduction s'exhale ; et les regards,
S'ils ont moins de surprise, ont un plus long loisir
Pour suivre ces dessins, et, parmi tous, choisir
La ligne dont l'esprit s'enchante en cet instant.
    Au fond on aperçoit, au bord d'un bois distant,
Une Nymphe et son Faune, en se tenant les mains,
Danser éperdument à l'envi des humains.
Il apparaît partout qu'on est dans la saison
Où les zéphyrs dans l'air, les eaux dans le gazon,
Dansent pour célébrer et fêter le retour.
De la claire saison qui ramène l'amour !


Quatre agrafes de bronze, ô vierge, suspendront
Cette scène à ton mur ; devant tes yeux vivront

*La vernale allégresse et le feuillage vert,*
*Même au temps que le froid et le venteux hiver,*
*Aux arbres dépouillés noircissant les rameaux,*
*Flétrissant les gazons et durcissant les eaux,*
*Sous un ciel où les feux de l'astre sont éteints,*
*Près des foyers fumants renferme les humains.*


LA JEUNE FILLE.


*Comme celle du vin la danse a son ivresse,*
*Elle a, comme elle aussi, son dégoût, sa tristesse.*
*Quand l'esprit, lentement, recouvre son empire*
*Dans un corps agité d'un reste de délire.*
*Il contemple honteux et rougissant la trace*
*Du désordre où se plaît la Bacchante de Thrace :*
*Les vêtements ouverts, l'éparse chevelure,*
*Un air de lassitude et presque de souillure,*
*Des bras encor tremblants de gestes d'hétaïre*
*Dont l'approche promet et dans la fuite attire,*
*L'abandon presque offert de la main alourdie,*
*Je ne sais quelque pourpre impudente et hardie*
*Que garde des désirs celle qui s'est montrée ;*
*C'est parmi ces débris de la pudeur sacrée*

Que l'âme, en la fureur des membres dispersée,
Se retrouve et reprend, quand leur fougue est lassée,
Sa cime abandonnée et dont elle est moins digne ;
Et la flûte est perfide à l'égal de la vigne !


La musique que j'aime est celle de la lyre,
Quand l'éloge des Dieux ou des héros l'inspire,
Et lorsqu'un noble chant trouve en son harmonie
La puissance et l'élan de montée infinie
Que le rythme éternel donne au sens des paroles !
Les bonds les plus légers de tes danseuses folles
S'achèvent sur le sol en languissantes poses,
Et tandis que leur main se joue avec les roses
A leur front fléchissant par leur fureur laissées,
Leur esprit vague et trouble absorbe ses pensées
Dans cet effeuillement de fleurs déjà flétries.
Qu'il vaut mieux voir passer les blanches théories
De vierges dont les yeux sont levés vers le temple !
Si leur cortège pur peut me servir d'exemple,
Que la robe aux plis droits vête ma marche lente,
Et que, loin des tambours aimés du corybante,
Je m'en aille, écoutant une noble musique,
Vers quelque bois sacré ou quelque clair portique

*Pleins du souffle des dieux ou du discours des sages !*
*Réserve ton relief et ses folles images*
*Que la flûte lascive à leurs transports excite,*
*Pour une autre maison que celle que j'habite.*


## Le Potier.


*Si ces jeux, où pourtant éclate la beauté*
*Par qui le corps humain, ô vierge, a mérité*
*De prêter son aspect aux images des Dieux,*
*Ont trop de vanité pour ton cœur ombrageux,*
*Encor que maint artiste au nom illustre et pur*
*Ait aimé les contours des corps nus sur l'azur,*
*Et les ait transportés au marbre souverain,*
*A ton goût plus sévère obéira ma main.*

*De cette fine argile au grain lisse et serré,*
*Digne d'être au poli du bronze comparé,*
*— Le mystère du four lui donne un rouge éclat —*
*Je veux faire une amphore au galbe délicat,*
*Et veux que, dans sa grâce, elle égale en grandeur*
*Celles qu'aux jeux publics emporte le vainqueur.*

De l'endroit où le flanc vers le col s'arrondit,
Jusqu'à l'inflexion où le bas s'enhardit
A former la poitrine et l'ampleur du vaisseau,
Tout autour, je réserve un large et droit bandeau
Où se déroulera ce que je veux tracer.
En pompe magnifique on y verra passer
Un nuptial cortège, où sur le char étroit,
Le fiancé conduit la vierge vers son toit ;
Et du seuil maternel de myrte enguirlandé
Jusqu'au seuil conjugal où le tapis brodé
Offre un chemin de pourpre aux pas des deux époux.
Le cortège se suit. Tu les distingue tous :
La vierge sous son voile auprès du fiancé,
Ceux qui portent la torche au bout du bras dressé,
La torche d'hyménée, emblème des amours ;
Et les joueurs de flûte, et, sur tout le parcours,
Ceux qui chantent : hymen, o hyménée, hymen ;
Et les vierges aux bras enlacés, au front ceint
De fleurs, qui vont posant leurs pieds sur d'autres fleurs ;
Et les vieillards courbés qui revoient dans leurs cœurs
La fête qui chanta pour eux, au temps jadis ;
Et les petits enfants, par leur geste agrandis,
Qui jettent dans les airs, des amandes, des grains,
Pour prédire aux époux des greniers toujours pleins ;

*Et, dans sa porte ouverte encor, seule et debout,*
*La mère au long regard qui veut voir jusqu'au bout*
*S'éloigner son enfant livrée à d'autres bras !*

*Si les effets du four ne me sont pas ingrats,*
*Dont nul ne peut prévoir le caprice et l'humeur,*
*L'amphore portera, sur sa sombre rougeur,*
*Le collier éclatant de ce cortège heureux.*
*Le temps, le temps jaloux n'éteindra pas les feux*
*De ces torches d'hymen, emblèmes des amours,*
*Et le beau fiancé sourira pour toujours,*
*Sous sa branche de myrte et dans son manteau blanc,*
*A l'épouse que voile un lin toujours tremblant ;*
*Si tu veux accueillir l'amphore en ta maison,*
*Tu penseras sans cesse entendre la chanson*
*Que disent les chanteurs dont son flanc pur est ceint :*
*« Hymen, o hyménée, o hyménée, hymen ! »*


La Jeune Fille.


*Un destin indécis suit le jour d'hyménée,*
*Et vers un temps obscur la vierge est entraînée*

Quand, sous son voile ardent et de torches suivie,
On la conduit au seuil étranger où sa vie
Doit trouver son bonheur ou sa longue méprise.
Son cœur peut redouter l'instant où sa main brise
Avec un inconnu le gâteau de sésame.
Que de soupirs tenus dans un épithalame!
Si tu vois, en ce jour, les larmes maternelles
Couler, c'est que parfois les mères ont en elles
Des souvenirs qui font mentir cette allégresse.
Entre un double avenir de joie ou de détresse,
Ce jour aux cris joyeux est pareil à la lance
Qui vacille, frémit, tremble sur la balance,
Ignorant quel plateau doit monter ou descendre!
Que de flambeaux d'hymen ont une triste cendre!
Et souvent au matin de la première étreinte,
L'épouse pâle, au cœur déjà battu de crainte,
Sait qu'elle pleurera plus tard, lorsque sa fille,
Voilée et précédant la torche qui pétille,
Quittera sa maison pour la maison d'un autre.
Car la main de l'époux où se place la nôtre
Tient ou l'or ou l'airain de notre destinée.

Aussi lorsque je vois la forme ensafranée
De la vierge au milieu du célébrant cortège,

4*

*Je pense à des crocus qui, perçant sur la neige,*
*S'ouvrent sous un rayon sans songer aux rafales,*
*Et je trouve une angoisse aux pompes nuptiales.*
*Ton vase, quelque beau que tu saches le faire,*
*Peut toujours contenir une liqueur amère ;*
*Tu ceindras ses flancs purs d'une zone de fête,*
*Mais la bande brillante à son contour s'arrête,*
*L'espace intérieur reste séparé d'elle,*
*Et la paroi d'argile, encore que mince et frêle,*
*N'entourera jamais que la liqueur qu'y verse*
*Une main délicate, ou brutale, ou perverse.*
*Ne t'offense donc pas, potier, si je refuse*
*Le présent précieux qui m'est promis ; excuse*
*Ce qui n'est pas le signe, en moi, d'une âme ingrate ;*
*Sache que ma pensée, ainsi qu'un aromate,*
*Conservera ce don que tu voulais me faire,*
*Et ton offrande m'est et me restera chère.*
*Mais je ne saurais voir sans tristesse anxieuse,*
*Que le soleil l'éclaire ou l'étroite veilleuse,*
*Ce chantant et muet cortège, aux flancs du vase,*
*Suivre immobilement sa longue diabase,*
*En tournant à jamais autour de son mystère ;*
*Mon esprit inquiet ne saurait se distraire*
*De ce vide tourment obsédé de lui-même :*

« Vers quel seuil et quel sort s'en va cette enfant blême ?
Et quel vin remplira le vase à jamais vide ? »
Plus ton art aura fait cette pompe splendide,
Noble, belle, touchante et qui semblera vivre,
Plus mes yeux inquiets s'attacheront à suivre
L'immobile progrès où ta main l'a fixée,
Et l'énigme sans fin qu'elle tient embrassée.


## LE POTIER.


Que faut-il donc, ô vierge, à ton goût dédaigneux ?
Le succès que pour moi tu demandais aux Dieux,
Ce vœu d'un jour fécond, en toi-même arrêté,
En fait un jour de doute et de stérilité !
A quoi puis-je employer mon argile et mon art
Et mon âme, si rien ne plaît à ton regard
De ce qui voudrait naître et vivre sous ma main ?
Je puis jeter ma glaise au milieu du chemin,
Qu'elle parte attachée aux pieds du voyageur,
Puisqu'il n'en peut sortir, sous mon ingrat labeur,
Que des formes sans grâce et des œuvres sans prix,
Puisque l'indifférence et presque le mépris

Sont l'accueil que reçoit chaque offre que je fais.
Et ta froide parole a tué tes souhaits !

LA JEUNE FILLE.

Ne peux-tu consacrer ton art, et cette argile,
Et ton âme, à vêtir un sujet moins fragile
De la victorieuse et sereine durée
Par les rayons du beau pour toujours conférée
A la matière obscure arrêtée en sa fuite ?
N'est-il point de sujets plus élevés qu'habite
Quelque grave penser où tient la vie humaine
Dans un des moments où, d'elle-même certaine,
Elle se sent, parmi ses flots d'inquiétude,
Digne d'être éternelle ? Alors quelque attitude,
Où, par la force calme et le repos du geste,
Ce ferme sentiment de constance s'atteste,
Scelle et semble garder dans une noble empreinte
Un long effort de vie intègre, altière ou sainte.
Ton art peut bien fixer la fureur d'une danse,
Mais combien lui sied mieux l'auguste concordance
Du pouvoir qu'il détient d'accorder la durée,
Avec une action qu'a déjà consacrée

Ce qui mérite en nous de vivre impérissable!
Car ainsi que les grains toujours dissous du sable
Sont fondus en cristal transparent et lucide
Où toute la clarté du firmament réside,
Dans nos êtres épars il se peut qu'une flamme
Fonde en cristal aussi le sable de notre âme,
Et que cette poignée obscure de poussière
Se change en un foyer d'immortelle lumière.
Que sur de tels moments ton art plus fier repose
Où tant de dignité déjà l'attend enclose,
Il atteindra plus haut en partant d'une cime,
Et, dans ces grands sujets que nul temps ne périme,
De leur éternité fortifiera sa gloire!


Si mes propos te sont blessants, puisses-tu croire,
Potier, que le désir de te voir plus insigne
Parmi ceux qu'un labeur plus radieux désigne
A l'invisible main qui met la verte branche
Autour des fronts mortels, rend ma parole franche;
Et s'ils sont erronnés, pardonne leur encore,
Puisqu'ils sont nés du vœu que l'avenir honore
Ton œuvre plus parfait d'un hommage plus grave,
Puisque ces seuls souhaits, ami, m'ont faite brave

Assez pour, si j'ai tort, prouver mon ignorance,
Assez pour t'offenser, si je t'ai fait offense.


### LE POTIER.

M'offenser ! que dis-tu ? j'écoute comme un chant
Ce que tu dis de pur, de juste et de touchant !
Laisse couler encore, ô vierge, ton discours !
Qu'aucun scrupule vain n'en suspende le cours !
Je sens, dans mon esprit trop souvent tourmenté,
Passer, délicieuse, une eau de vérité ;
Ce flot, en m'apportant la beauté de ton cœur,
M'emplit d'une nouvelle et divine lueur.
On dirait qu'il y a des clartés dans ta voix !
Et voici qu'au delà de mes projets étroits,
Je vois d'autres desseins à demi-discernés,
Comme des horizons brumeux sont devinés
Parce qu'un seul rayon emplit d'or leurs ruisseaux !
Oui, c'est un piédestal plus ferme à nos travaux
S'ils savent, tout d'abord, s'asseoir et s'assurer
Sur ce qui, dans nos jours, est digne de durer !
Mon cœur envers le tien ne serait qu'un ingrat,
S'il ne voyait, instruit par ce nouvel éclat,

Ce que tu lui donnais par ton constant refus,
Et tout ce qu'en offrant vainement, je reçus !

Mais si l'exemple sert à nous faire toucher
Ce qu'avec le précepte on ne fait qu'approcher,
Amie, indique-moi quelque scène où tes yeux
Trouveraient le plaisir serein et sérieux
De la vie accordée aux noblesses de l'art,
Et qui convierait l'âme au banquet du regard.


La Jeune Fille.


Que pourrais-je, ô potier, répondre à ta demande ?
Les fleurs sont dans les prés, cueilles-y ta guirlande !
Ne te suffit-il pas que l'une ait sa rosée,
Une autre son éclat, qu'une abeille posée
T'indique que cette autre est de senteur suave ?
Laisse celle qui sied au front vil de l'esclave,
Ou que la courtisane aime avoir à sa lèvre,
La plante de l'ivresse ou celle de la fièvre ;
Mais celles que les Dieux favorables ont faites
Propres à décorer nos travaux ou leurs fêtes

*Sont en nombre infini ! Pour que tu les choisisses*
*D'un choix auquel les Dieux souriants soient propices,*
*Pour que ta main cherchante ait Minerve pour guide,*
*Il te suffit d'aller avec un cœur candide.*
*Va former ta guirlande à leurs mille nuances !*
*Les fleurs sont dans les prés, et les prés sont immenses !*


### LE POTIER.


*Je te crois : cependant écoute un de mes vœux,*
*Vierge ; j'estimerais comme un présage heureux*
*Si ta main aux doigts blancs consentait à cueillir*
*La première des fleurs, afin qu'à l'avenir*
*Ton goût me soit un guide, et que mes choix futurs,*
*S'accordant à celui qu'auront fait tes yeux purs,*
*Et certains de garder quelque chose de lui,*
*Y trouvent un exemple et prennent un appui !*
*A travers mes travaux descendra ce bienfait,*
*Et, dans le plus lointain d'entre eux, vivra l'effet*
*De la grâce autrefois accordée au premier !*
*Dis-moi donc quel sujet, superbe ou familier,*
*Quel spectacle de vie ou de dieux ou d'humains*
*Doit naître de l'argile et vivre sous mes mains,*

*Pour que ton cœur s'y plaise et qu'il plaise à tes yeux !*
*Dis le moi ! j'oserai l'effort audacieux*
*De hausser mon travail auprès de ton souhait.*
*Si même je ne puis qu'un inégal essai,*
*Il gardera du moins, plus fier quoique déçu,*
*Le rayon de beauté dans ton âme aperçu.*


## La Jeune Fille.

*Si tu crois qu'un refus soit un mauvais présage*
*Pour la route entrevue où ton rêve s'engage,*
*Je ne puis refuser ce que tu me demandes,*
*O potier obstiné ! Aux prochaines guirlandes,*
*Que tu sauras cueillir sans aide, soit propice*
*L'humble fleur que tu veux que ma main te choisisse !*

*Je te dirai ceci : Si la faveur divine*
*M'avait ainsi qu'à toi, donné l'œil qui devine*
*Des formes de beauté partout où il s'arrête,*
*Et la maîtresse main qui prend dans leur retraite*
*Les désirs de splendeur épars au fond des choses,*
*J'ai quelquefois songé, sous mes paupières closes,*

Qu'avec un art pieux et plein de révérence
J'aurai voulu prêter toute son éloquence,
Sa sublime éloquence à l'une de ces stèles
Où l'on voit le portrait de deux époux fidèles
Qui se donnent la main, sur la double effigie
Dont l'une est de douceur et l'autre d'énergie.
Sur une roche, au bord d'une moisson fauchée,
L'époux las s'est assis ; l'épouse rapprochée,
Debout dans les longs plis de sa tunique étroite,
Sur l'épaule de l'homme a posé sa main droite,
Et, lui, tient dans ses mains, l'autre main de la femme ;
Vers le viril regard levé qui la réclame,
Elle a penché son front, ses yeux et son sourire.
Quoique unis dès longtemps, tous deux semblent s'élire
D'un choix nouveau sans cesse, et leur même tendresse,
Comme au jour du premier aveu qui la confesse,
Renaît toujours récente en sa longue habitude,
Et met un jeune émoi dans de la gratitude.
Forts et fiers l'un de l'autre en leur accord superbe,
De leurs jours mûrissants ils ont lié la gerbe
D'un lien d'amitié, de constance et d'estime.
Leurs traits sont ennoblis d'une lumière intime ;
C'est l'orgueil de la tâche en commun accomplie.
Chaque face, à la fois ardente et recueillie,

*Verse et reçoit un flot d'amour, et cet échange,*
*Inondant ce tableau, le transforme en louange*
*D'un hymen que les cœurs gardent pur comme eux-mêmes.*
*Ainsi, ces deux époux deviennent les emblèmes*
*D'une vie entreprise avec force, et conduite*
*Jusqu'au bonheur serein que sa beauté mérite !*
　*Derrière eux, des enfants, parmi les gerbes mûrent*
*Courent, hardis et nus, ou grimpent aux ramures*
*Qu'un rougissant fardeau de fruits fait fléchissantes ;*
*Et plus loin, se croisant en rencontres décentes,*
*De beaux adolescents, des vierges se saluent,*
*Dont les cœurs, innocents encore, perpétuent,*
*En rêves imprécis, germe lointain de l'acte,*
*L'heureuse hérédité de cet auguste pacte*
*Dont la grandeur pénètre et consacre la stèle.*
　*Et plus tard, puisqu'il n'est nulle chose mortelle*
*Qui ne doive aboutir à la nuit inféconde,*
*Comme un saule pleureur arrive à toucher l'onde,*
*Sur le bord de laquelle il a pris sa racine,*
*Du feuillage tremblant que chaque jour incline,*
*Plus tard, quand ces époux, ayant clos leur journée,*
*Se tiendront par la main pour l'éternelle année.*
*Cette stèle, ô potier, devenue un exemple,*
*Mettra sur leur tombeau comme un fronton de temple,*

*Et le passant pensif, oublieux de ses fièvres,*
*Fera vivre leur nom au respect de ses lèvres.*

*Ne pense pas au moins que cette scène exige*
*Un moins rare génie, et qu'un moindre prestige*
*Récompense la main qui l'aura modelée !*
*Non ! la puissance d'art en elle révélée*
*Passe les souples jeux où l'ébauchoir habile*
*Pare de fantaisie et de grâce l'argile !*
*Que sont, potier, que sont tes coupes, les cratères,*
*Malgré leur décor fin et leurs lignes légères,*
*Que sont, malgré l'attrait des courbes gracieuses,*
*Bondissants ou couchés, les corps de tes danseuses,*
*Qu'est le déroulement somptueux d'un cortège,*
*Auprès de ce travail que garde et que protège*
*Ce que la vie humaine a de plus haut et grave ?*
*Sais-tu ce qu'il te faut de subtil, de suave,*
*De riche, de profond, d'énergique, de tendre,*
*Pour que ton art comprenne et qu'il fasse comprendre*
*Cette offrande de cœurs en un regard enclose,*
*La promesse et la foi de la main qui se pose,*
*Tant de chers souvenirs qu'un sourire rassemble,*
*La fierté, le bonheur, l'espoir de vivre ensemble*
*Qui sont dans chaque geste et rayonnent de l'être,*

Enfin ce dévouement conjugal qui pénètre
De vaillance, de don de soi, de certitude
Tous les linéaments d'une noble attitude,
Digne d'être drapée aux plis de la Victoire!
Oui! rendre deux destins et toute leur histoire,
Dans un coup de beauté qui lient tout leur mystère,
Et préserver tant d'âme en un morceau de terre,
C'est élever la Vie à l'Art qui la domine,
C'est le laurier suprême au haut de la colline!


## LE POTIER.


Qu'il me soit accordé de cueillir ce rameau
Verdissant, outre tous, à la cime du beau,
Et puisse ton souhait, ô vierge, être exaucé!
Ah! je vois combien maintenant est dépassé
L'espoir d'où je croyais voir naître mon orgueil!
Ce n'était qu'un enfant qui jouait sur le seuil
Du viril atelier où sont les artisans
Occupés aux travaux triomphateurs des ans!
Je veux, je veux, conduit par ce plus clair rayon,
Exprimer à mon tour, la noble vision

*Que ta parole, ô Vierge, a fait vivre à mes yeux !*
*Je tenterai du moins ! Si mon labeur heureux,*
*Protégé par le ciel, mais inspiré par toi,*
*Approchait du tableau que ton esprit conçoit,*
*Aucun roi ne pourrait payer par un poids d'or,*
*Cet humble tas d'argile, inerte et morte encor,*
*Qui parmi les chefs d'œuvre irait prendre son rang !*
  *Mais que ton cher regard — si ma main entreprend*
*Une tâche au-delà de son don de créer,*
*Et n'offre qu'un essai qu'il ne puisse agréer —*
*Que ton regard très cher me demeure indulgent,*
*Et qu'il te ressouvienne, ô vierge, en me jugeant,*
*Que je n'ai tant osé qu'en suivant ton conseil,*
*Et que mon insuccès est pourtant un éveil !*


*Quel que soit mon travail, il en sera meilleur,*
*Fait avec plus de foi, de fierté, de ferveur,*
*Si je puis espérer, vierge, que, cette fois,*
*Tu seras sans dédain pour une œuvre où mes doigts*
*Seront les ouvriers d'un effort plus soigneux*
*De charmer ton esprit en plaisant à tes yeux.*
*Voudras-tu l'accepter, en don reconnaissant*
*Du bien que tu m'as fait, douce amie, en passant*

*Devant cet atelier où je cherchais, assis,*
*Des projets incomplets et des vœux indécis !*
*Par toi, le voilà riche, à présent, de desseins*
*Surs, virils, radieux, généreux et sereins,*
*Et me voici debout, tout prêt à leur offrir*
*Ma vie et tout cet être où tu les fis frémir !*

### LA JEUNE FILLE.

*Je ne veux pas qu'un don, trop précieux et rare*
*Et digne d'un palais ou d'un temple, s'égare*
*Sous le toit ignoré de mon humble demeure.*
*Il suffit si tu veux, qu'il y séjourne une heure,*
*Qu'il la pare un instant, pour s'en aller ensuite*
*Triompher sur des murs somptueux qu'il mérite,*
*Aux yeux d'un peuple ému qui devant lui s'amasse.*
*L'honneur de ma maison, potier, sera la place*
*Qu'il aura de sa gloire un moment éclairée,*
*Et j'y mettrai des fleurs, la tenant pour sacrée.*

### LE POTIER.

*Qu'il ne soit pas indigne, ô vierge, de ton toit !*
*Et si, chaque matin, ton regard l'aperçoit*

*Avec quelque plaisir qui ne s'épuise pas,*
*Et qu'à l'heure où les jours, disparaissant et las,*
*Otent à tout objet sa vie avec la leur,*
*Tu trouves un regret qui n'est pas sans douceur,*
*A le voir s'obscurcir et mourir sous tes yeux,*
*Je ne veux pas pour lui de destin plus fameux !*


*Quoique né dans ton âme et sorti de ta voix,*
*Il sera tien, bien plus encor que tu ne crois.*
*Si tu veux qu'il recueille, en lui-même arrêté,*
*Ce rêve, beau d'avoir dans ton sein palpité,*
*Et que son propre éclat sera de réfléchir,*
*A lui prêter encore, il te faut consentir !*
*Afin qu'il soit haut, chaste et fier tendre et doux,*
*A l'épouse inclinée au-dessus de l'époux,*
*Permets-moi de donner ton front tranquille et pur,*
*Tes cheveux dont la teinte et celle du blé mûr*
*Et semble appareillée au bienfait des moissons,*
*Tes yeux d'un bleu limpide où des regards profonds*
*En un plus sombre azur paraissent s'assembler,*
*Ton sourire apaisé qui saurait consoler*
*Si celui qui le voit peut n'être pas heureux,*
*Le contour de ton corps qui, passant sur les cieux,*

Est, à chaque moment, l'œuvre d'un grand sculpteur,
Et cette inexprimable et sereine lueur
Que ton plus simple geste ajoute à ton maintien!
 Tu vois, vierge, combien mon travail t'appartient
Si tu lui permet d'être une image de toi!
Et si ton dur arrêt lui refuse ce droit,
Il n'existera point; de nouveau tu détruis
Ton souhait que ce jour soit fertile en beaux fruits!

LA JEUNE FILLE.

A manier les mots que ta bouche est habile!
Ta main ne l'est pas plus à façonner l'argile.
Les potiers n'ont pas droit d'être aussi des poètes;
Il leur sied d'employer les paroles discrètes
Qui sont faites pour tous, hormis ceux que la Muse
Pour sa pompe a formés. Tu me rendrais confuse
Si je ne m'assurais que, dans cette peinture,
C'est ton œuvre déjà, qui vit et transfigure
Le modèle imparfait que tu choisis pour elle;
Mais, sachant où les mots, potier, ont pris leur zèle,
Je puis laisser passer, sans vouloir me défendre,
Ce tableau trop flatteur qu'il est plaisant d'entendre.

### LE POTIER.

*Suspend ton ironie, et laisse-moi finir !*
*A cet époux assis qui ne peut assouvir*
*Ses yeux du cher regard sur le sien abaissé,*
*Qui, contre sa poitrine, en ses mains, a pressé*
*La main abandonnée où brille l'anneau d'or,*
*A l'époux qui donna son inlassable effort*
*Pour qu'il fût par l'épouse en bonheur récolté,*
*A l'époux, dont le front, montre, sous sa fierté,*
*La gratitude envers celle qui sut l'aider,*
*L'aimer, le consoler, l'enchanter, le guider,*
*Et qui fut son soutien en s'appuyant sur lui,*
*Celle pour qui son bras a défriché, construit,*
*Ensemencé, fauché, moissonné, combattu,*
*Et contraint la fortune, ô vierge, le veux-tu ?*
*Veux-tu qu'à cet époux je donne aussi mes traits,*
*Et qu'un jour, quand la stèle, à l'ombre des cyprès,*
*Dira ces deux destins l'un par l'autre accomplis,*
*Les deux noms que liront les passants recueillis*
*Devant ce pur tableau qui les arrêtera,*
*Les noms que leur respect sur leur lèvre unira,*
*O vierge, soient ton nom inscrit auprès du mien ?*

*Hélas ! ton long silence, est-il donc du dédain !*

### La Jeune Fille.

*Non! Ton propos m'est cher! Mais mon âme est troublée,*
*Et cette émotion, de surprise mêlée,*
*La rend tumultueuse, à la fois et timide!*
*N'exige pas, ami, que ma bouche décide*
*Par des mots que leur son change en bronze imbrisable,*
*Alors que mon esprit est flottant comme un sable*
*Saisi par le remous dans lequel il tournoie!*
*Donne-moi quelque temps, et permets que je voie,*
*Quand mon être apaisé sera plus calme et ferme,*
*Ce qu'il contient vraiment. Ce n'est pas un long terme*
*Vers lequel ma réponse hésitante recule,*
*Et peut-être ce n'est, ô potier, qu'un scrupule*
*Qui contraint ma parole à se vouloir plus sûre!*
*La distance d'un mois est la brève mesure*
*Que mon étonnement de ton désir réclame ;*
*Et tu sauras alors si je serai ta femme!*

### Le Potier.

*Ce temps semblera long à mon cœur suspendu,*
*Et, quelque court qu'il soit, c'est du bonheur perdu*

*Si l'anxieuse attente où tremble mon destin*
*Ne doit pas s'assombrir et vieillir en chagrin.*

La Jeune fille.

*La fuite d'un seul mois est rapide et légère !*
*Je pars pour la montagne où demeure mon frère,*
*Il a passé l'hiver dans sa maison neigeuse,*
*Au giron de la combe ouverte qui se creuse*
*Entre des pics aux rocs de granit et de glace.*
*Mais déjà la verdure à leurs neiges s'enlace,*
*Les inertes frimas reculent leurs rivages*
*Autour de lacs montants et onduleux d'herbages*
*Où les troupeaux sonnants oublient leur longue étable !*
*Tous les ans, j'y vais voir la saison adorable*
*Qui fait de ces hauts lieux le plus pur sanctuaire*
*Du Printemps : tout est jeune, allègre et téméraire ;*
*Chaque aurore a plus d'or que celle de la veille ;*
*Le flanc des monts plus bas, chaque jour, s'ensoleille ;*
*Les royaumes des foins et des fleurs sont en fête !*
*Je marche, je me perds dans leur joie inquiète,*
*Je laisse des sentiers dans les champs de narcisses,*
*Je suis les ruisselets dans leurs mille artifices*

*Pour se faire un chemin sous les rocs et les herbes,*
*Et je rentre, le soir, les bras chargés de gerbes*
*D'anémones, d'orchis et de lis de montagne,*
*Qu'un premier papillon jusqu'au seuil accompagne !*
*Je m'enivre d'air pur, d'aromes et d'espace !*
*Puis, après quelques jours, heureuse et presque lasse,*
*A l'heure où le couchant le touche et l'illumine,*
*Je me plais à m'asseoir sur un roc qui domine*
*Un précipice droit et de longues vallées*
*Qui s'éloignent, de brume et de pourpre voilées !*
*Dans cette solitude au bruit humain ravie,*
*Dans son silence austère, il semble que la vie*
*En un lointain plus large et plus juste apparaisse ;*
*Comme si l'air des monts avait une sagesse*
*Jusqu'où ne parvient pas la passion des villes.*
*Alors, je redescends vers nos œuvres fragiles !*
*Mais mon sang est plus frais, mon âme plus éprise*
*De ces graves instants qu'on dirait qu'éternise,*
*Encor qu'ils fuient aussi leur majesté sereine ;*
*Et j'apporte la paix des sommets dans la plaine.*
*De leurs conseils encor j'ai besoin, cette année,*
*Je démêlerai mieux mon âme examinée*
*Dans la tranquillité de leur pure atmosphère*
*Qui fait de leurs nuits même un lumineux mystère.*

Les jours sont peu nombreux où tu devras attendre :
Vois ! les saules déjà sont voilés de vert tendre,
Et près du vieux platane encor gris et morose,
Les jeunes amandiers ont pris leur clarté rose !
Au moment où leurs fleurs jaunissent les cytises,
Lorsque, dans les vergers, les premières cerises
Autour des cerisiers font voltiger les merles,
Que le temps manque aux nuits pour suspendre des perles,
Dans leur course hâtive, aux gramens des prairies ;
Lorsque, dans les jardins, les corbeilles fleuries
Se surfleurissent d'or sous le vol des abeilles,
Et qu'on voit succéder, sur le réseau des treilles,
Au feuillage de bronze une feuillaison verte,
Je te rapporterai mon âme découverte,
Quel que soit, ô potier, l'aveu qu'elle contienne,
Et nous saurons tous deux si ma main dans la tienne
Doit rester plus longtemps qu'au geste d'une amie.


Mais pour qu'en ses projets ta pensée affermie
Ne soit pas entravée à ton premier ouvrage,
Donne à ces deux époux notre double visage,
Et, tel que tu le veux, que ton travail se fasse !
Ainsi je connaîtrai s'il est vrai que ma face

*Vive dans ton regard, fidèle et préservée,*
*Et je saurai, de plus, si ta face levée*
*Ressent bien la fierté de tendresse et de joie*
*A laquelle tu veux, ô potier, que je croie,*
*Et porte le rayon de notre destinée.*
*Et peut-être qu'alors, sur l'œuvre terminée,*
*Il ne restera plus, union immortelle !*
*Qu'à graver nos deux noms au socle de la stèle !*

(Elle s'éloigne).


## LE POTIER.


*Oh ! chère argile, prends ma ferveur et ma foi !*
*Et pour un rêve auguste, argile, anime-toi !*

# LE

# DIALOGUE

## DE L'ÉTRANGÈRE

## ET

## DU JEUNE HOMME.

*à Louis Ovion.*

Vers le milieu d'une colline longue et rapide, un chemin rugueux qui la gravit se bifurque en deux sentiers dont l'un s'en va abruptement vers le sommet, et dont l'autre, montant plus faiblement, semble contourner l'épaule de la hauteur et gagner une maison lointaine dont on n'aperçoit que la toiture. La colline nue, pierreuse, sauvage, est âprement frappé par le soleil qui la bigarre des ombres noires et entrechoquées des rocs.

Dans cette désolation, l'angle entre les deux sentiers offre un refuge de verdure et d'ombre fraîche. Cela est dû à une source qui, jaillissant d'un rocher, mouillé, moussu et voilé de lierre, emplit d'abord un large bassin de pierre, et, en débordant, forme un ruisseau. Un gazon que l'eau entretient vivace couvre le sol ; quelques oliviers croissent par groupes de deux ou trois ; un laurier ombrage en partie la fontaine. Le soleil, déjà un peu oblique, touche l'herbe, les troncs des oliviers, le feuillage luisant du laurier et les écoulements limpides de la fontaine, d'une lumière forte et délicate qui donne tout leur relief à tous les détails, tout leur éclat à toutes les teintes, et cependant les réunit et les harmonise en elle.

Un jeune homme se tient debout auprès de la source. Il a posé sur le large rebord du bassin une gourde à bouche pourpre et vineuse, une écuelle en bois sobrement sculptée, et un panier qui contient des fruits mûrs. En face de lui est une jeune femme qui a laissé retomber en arrière, entre ses épaules, un chapeau de paille de voyageuse.

## L'Etrangère.

Secourable étranger, grâce te soit rendue,
Qui lorsque je passais, lasse d'un long chemin
Et le front inquiet de ma route perdue,
As rafraîchi ma soif d'eau mélangée au vin.

As apaisé ma faim des fruits de ta corbeille,
La figue savoureuse et le raisin juteux,
Et, de ta grave voix qui sagement conseille
M'as dit quel long détour mène à travers ces lieux.

De ton bienfait mon cœur gardera la mémoire;
S'il est des Dieux amis de l'aide et du secours,
Dont le regard chérit celui qui donne à boire
Au passant altéré, qu'ils protègent tes jours!

Que ta vie ait son flot, pur, paisible et prospère,
Dans un constant bonheur plus ample que tes vœux,
Et qu'à travers des ans nombreux encor, ta mère
Soit heureuse, ô jeune homme, en te voyant heureux !

S'il est quelque pouvoir aux prières ferventes,
Tu sauras gré, plus tard, au jour, où tu donnas
A celle qui marchait dans ces roches ardentes,
Cet instant de repos dont s'éloignent mes pas !


Le Jeune Homme.


N'ôte pas ton regard de mes yeux, étrangère.
Avant qu'ils aient appris pour toujours ta beauté,
Avant qu'ils aient saisi ta grâce passagère,
Pour la garder en eux quand tu m'auras quitté.

Laisse à mon cœur le temps de goûter sa blessure.
Etrangère, permets qu'il en soit pénétré,
Pour qu'il la porte en lui douce, profonde et sûre,
Et sache le bonheur dont il est séparé.

Je t'ai vue un instant sur le bord de la route,
Auprès de la fontaine où fleurit un laurier,
Debout dans le gazon que le soleil veloute,
De ton coude appuyée au tronc d'un olivier.

Mais ton charme infini n'est pas comme une amphore
Qui se vide durant l'espace d'un repas.
Il est comme la source abondante et sonore
Qui se verse sans cesse et ne s'épuise pas.

Je sens en moi couler son flot superbe et tendre,
Ainsi que la claire eau des monts vient inonder
Des prés qu'on voit fleurir en la voyant s'épandre ;
Et les instants pourraient aux instants succéder,

Et les longs jours pressés d'une nombreuse vie
En renaissant cortège y venir s'abreuver,
Sans que mon cœur ardent ait sa soif assouvie,
Sans que mon rêve heureux se lasse de rêver.

Laisse-moi donc, pendant que je suis auprès d'elle,
Emplir mon être entier de ta claire beauté,
Puisque l'instant à qui mon cœur sera fidèle
Doit suffire à ma vie, et qu'il va m'être ôté.

Pour qu'il me reste un peu de ton âme inconnue
Qui doit être sans prix dans un corps si parfait,
Pour qu'au lieu de te voir ainsi qu'une statue,
Je puisse, par ton cher et généreux bienfait,

Entrevoir la pensée où ta grâce s'inspire,
Prolonge dans mes yeux enrichis ton regard.
Donne le souvenir de ton divin sourire
Au long culte qui naît de ce fuyant hasard.

Je te fais de mon cœur surpris un sanctuaire,
Laisse le feu sacré s'allumer sur l'autel,
Rien n'en obscurcira la flamme solitaire
Que l'heure où tout se trouble en notre corps mortel.

Et si tu veux aussi que mon cœur se souvienne
De toi comme embellie encor par la Bonté,
Tu laisseras ma main toucher un peu la tienne,
Et garder le trésor d'un instant de fierté.

Et maintenant adieu ! Tu vas suivre ta route,
Je vais voir ton doux corps décroître et s'amoindrir,
Jusqu'à ce que là bas tu disparaisses toute,
Au sommet du coteau que ton pas va gravir.

## L'Étrangère.

*Étranger, parles-tu des paroles sincères ?*
*Tes mots ne sont-ils pas comme un essaim rôdeur*
*Qui voltige alentour de changeantes chimères,*
*Pour rapporter du miel à la ruche du cœur ?*

*L'âme des jeunes gens d'elle-même s'enivre,*
*Ils pensent à donner quand ils veulent avoir,*
*L'élan de leur désir au changement les livre,*
*Et, tout en l'ignorant, ils savent décevoir.*

## Le Jeune Homme.

*Étrangère au front clair, je te parle sans fraude ;*
*Sincère est mon discours ; mon dessein aussi pur*
*Que la limpidité de tes yeux d'émeraude,*
*Quand d'un ciel matinal ils reflètent l'azur.*

*Le langage est sans force et traître à la pensée,*
*Et la voix elle-même impropre à révéler*
*Les plus forts sentiments dont l'âme est traversée,*
*Si tu ne me crois pas en m'entendant parler ;*

Je ne veux pas jurer par le ciel ni le fleuve
Dont le nom redoutable intimide les Dieux,
Si mes mots impuissants ont besoin d'une preuve,
Tu n'as qu'à regarder les larmes de mes yeux.


L'ÉTRANGÈRE.


Je veux penser aussi que ta bouche est loyale,
Et que tu crois au rêve où s'engage ton cœur ;
Mais l'âme est un charbon dont la brise inégale
Laisse tomber, ravive ou disperse l'ardeur.


Tu ne peux pas prévoir les souffles de la vie ;
Le vent, à chaque instant, vient d'un autre horizon,
Et la flamme vascille, inconstante, ou dévie,
Selon les grands courants qui penchent la raison.


Ne te promets donc pas de sentiment qui suive
Les détours de la vie ou ses heurts jusqu'au bout ;
L'homme a perdu plusieurs âmes quand il arrive
A la porte tombale où perche le hibou.

Cependant il est beau d'être jeune et de croire
Qu'on donne un cœur entier à son unique amour,
C'est la lampe d'albâtre où plus tard la mémoire
Cherche une lueur chère à la chute du jour;


Et lorsque les vieillards, pour qui chaque heure est brève,
Dans le miroir brisé du temps qu'ils ont vécu,
Regardent, ils y voient flotter. encor ce rêve,
Qu'ils n'ont pas su garder mais sont fiers d'avoir eu.


Le Jeune Homme.


Femme, qui donc es-tu? Tu parles comme un sage
Qui, vers le terme obscur du voyage arrivé,
A ses disciples dit, en mourant, le message
Du désenchantement d'un destin achevé.


Tu m'a fait frissonner! Tu ferais douter même
Du culte et du désir par toi-même inspirés;
Quel plaisir ressens-tu de détruire en qui t'aime
Un rêve sans espoir et des regrets sacrés?

6*

Je sais que notre vie est un peu de fumée
Qui traîne dans les airs et se dissipe au vent,
Qu'elle est à tout instant éparse et déformée,
Et que rien n'est solide en nos êtres mouvants ;

Mais du moins c'est beaucoup pour cette ombre flottante,
De vouloir s'arrêter dans un durable amour,
D'aspirer, pour chérir une autre ombre fuyante,
A l'immortalité des cieux qu'elle parcourt !

Il ne saurait tenir, en cette course brève,
De durée au-delà de quelques tourbillons ;
Nous y pouvons placer l'éternité d'un rêve,
Et rester dans ce rêve autant que nous durons.

Et c'est pourquoi mon cœur, bien qu'il ne doive vivre
Que le temps d'un rayon sous un ciel orageux,
Depuis que ta beauté m'est apparue, est ivre
D'un amour immortel, digne du cœur des Dieux,

Pourquoi, devant ton corps que seulement le crime
De Ceux qui l'ont formé digne de leurs séjours
Peut laisser retomber au ténébreux abîme
D'où ne sortiront plus de semblables contours,

Je puis, de tout l'essor où mon être s'élance,
Etrangère, t'offrir, si tu me le permets,
Enveloppés du temps étroit de l'existence,
Le rêve et le serment de t'aimer à jamais.


L'ÉTRANGÈRE.


Ne parle pas des Dieux, nul ne peut les connaître ;
Qui sait si leur regard vers la terre est tourné ?
Je dois mourir puisqu'il m'est arrivé de naître,
Le cercle de la vie ainsi fut ordonné.


Ce qui m'est accordé de beauté transitoire
N'est qu'un nœud de rencontre heureux, où des hasards
S'unissent en l'aspect d'un dessin illusoire
Qu'ils brisent aussitôt, fuyant de toutes parts.


As-tu vu quelquefois, au marbre d'une table
Qu'un mouvement de pas proches fait tressaillir,
Des dessins gracieux naître d'un peu de sable,
S'ordonner un instant et puis s'évanouir ?

*La beauté que tu vois en moi leur est pareille,*
*Le même mouvement la forme et la détruit,*
*Le rythme dont ton œil abusé s'émerveille*
*N'est qu'un rapide raccord qu'aucun autre ne suit.*

*Tu rêves d'un amour que nul âge n'efface,*
*Celle à qui tu suspends ce rêve va périr ;*
*Comment veux-tu graver sur une onde qui passe*
*Un souhait que le bronze aurait peine à tenir ?*

*Ne considère en moi qu'une courbe légère,*
*Sur le point de se rompre et de se disperser,*
*Qu'un peu de la commune et mauvaise poussière,*
*Dans les mobiles jeux de l'Être, vient tracer.*

*Elle a déjà servi pour d'autres apparences,*
*Et, mêlée au néant d'autres dispersions,*
*Dans l'enchevêtrement de neuves existences,*
*Formera des laideurs ou des séductions.*

*Garde donc ton esprit et ton cœur de se pendre*
*Au simulacre vain qui passe devant toi,*
*Qui s'efface en passant, et ne peut pas s'étendre*
*Au delà d'un instant de plaisir et d'émoi.*

## Le Jeune Homme.

Femme, qui donc es-tu ? tes mots sont redoutables,
Comme ceux d'un poète ou ceux d'un conquérant,
Qui, par tous proclamés sacrés, impérissables,
Vêtus d'une grandeur dont un peuple s'éprend,


Se croyant presque Dieux, au faîte de ce songe
Où s'évanouissait ce qu'ils avaient d'humain,
Sentent en eux la mort, et que tout le mensonge
De l'immortalité fuit aux doigts de leur main.


Alors leur bouche amère est pleine de la cendre
Du beau fruit décevant auquel ils ont mordu ;
Etourdis de l'affreux vertige de descendre
Et de tomber sans fin dans leur cœur éperdu,


Ils cachent cependant le secret de leur chute,
Parce qu'ils ont un cœur brave et pétri d'orgueil
Qui les fit grands de rêve ou puissants dans la lutte,
Et tâchent de céler sous du dédain leur deuil ;

Leurs discours, évitant l'aveu de leur délire,
Couvre le monde entier d'un grand voile attristé ;
Ils disent leur chagrin, mais feignent de le lire
Dans un grand livre écrit d'ombre et de vanité ;

Et le peuple ignorant s'étonne que leur gloire,
Urne d'or d'où devraient sortir des flots vermeils,
Ne verse qu'une eau sombre où l'avenir vient boire
Une sagesse amère et de troublants conseils.

Ainsi semblerait-il que toi-même, acclamée
Egale par ta grâce aux compagnes des Dieux,
Te sentant dans la vie étroite renfermée
Où ne peut pas s'ouvrir tout ton rêve orgueilleux,

Et songeant qu'aussi beau mais moins dur que l'ivoire
Ton front doit être un jour par l'âge maltraité,
Comme ces grands humains ont parlé de leur gloire,
Tu parles en propos cruels de ta beauté.


L'ÉTRANGÈRE.


Contre l'arrêt commun stupidement rebelle,
Pour ce corps — quel qu'il soit — à périr destiné,

*Je n'ai point souhaité de durée immortelle,*
*Ni tenu pour malheur qu'il ne fût jamais né !*


LE JEUNE HOMME.


*Laisse mes mots ô femme, aller jusqu'à leur terme :*
*Ces hommes sont trompés par leur cœur assombri ;*
*Quand sur leurs fronts éteints la tombe se referme,*
*Quand leur inquiétude a trouvé son abri,*

*Leur œuvre ou leurs exploits n'ont pas cessé de vivre,*
*Mais durent, provignés dans l'obscur avenir ;*
*Leur exemple plus haut, que leur trépas délivre*
*Des faiblesses d'un jour qui pouvaient l'obscurcir,*

*S'épure, s'élargit et manifeste au monde*
*Qu'un effet immortel sort d'un effort humain,*
*Et qu'un instant heureux se propage et féconde*
*D'autres instants, au fond du temps le plus lointain.*

*De même ta beauté peut durer prolongée,*
*Transmise et renaissante en de nobles enfants,*
*Persister sur la toile, ou garder, protégée*
*Par le marbre, tes traits à jamais triomphants ;*

*Mais elle peut surtout donner à d'autres âmes*
*Le désir d'exalter leur destin jusqu'à toi,*
*Et peut faire jaillir pour elle, en hautes flammes*
*L'amour, le dévouement, l'héroïsme et l'exploit.*


L'ÉTRANGÈRE.


*Pourquoi continuer le leurre de la vie,*
*Et dans ses tourbillons douloureux entraîner*
*Une autre multitude à l'angoisse asservie ?*
*Comment l'homme peut-il, insensé, s'acharner*


*A tirer hors de lui de nouvelles victimes,*
*Pour nourrir plus longtemps la Mort qui l'engloutit,*
*Et fournir au destin la substance de crimes*
*Dont il pourrait sauver le monde anéanti ?*


*Chacun devrait laisser, sans le passer à d'autres,*
*Retomber à la nuit le peu d'être qu'il tient ;*
*Les dernières douleurs seraient enfin les nôtres ;*
*La cruauté des Dieux n'a que nous pour soutien.*

Je vois avec horreur dans la beauté le piège
Où le corps, un instant furieux, est jeté,
Séduit par un obscur et funeste manège ;
J'ai condamné mes flancs à la stérilité.

En moi j'écraserai ces pernicieux charmes,
Par ma faute aucun cri de douleur ne naîtra,
En mes yeux tarira l'écoulement des larmes,
Aucun chagrin humain de moi ne descendra ;

Je clos en moi la suite inique de l'angoisse,
Je dissipe d'un coup l'héritage du mal,
Et pour qu'aucun tourment de mes tourments ne croisse,
Je passe en moi la myrrhe et le néant lustral.

## LE JEUNE HOMME.

Femme qui donc es-tu ? Ton propos m'épouvante,
Ton âme m'apparaît comme un vallon glacé,
Brillant d'une blancheur cruelle et décevante,
Où le dernier reflet de vie est effacé.

Ma pensée, indécise et tremblante, y pénètre,
Elle admire, elle craint ce pays enchanté,
Si beau, si clair, si pur, mais où rien ne veut naître,
Haineux étrangement de la fécondité.

Sur quel mont recouvert de neiges éternelles,
Que la lune vêtait d'argent clair et d'acier,
Fus-tu conçue au fond d'entrailles maternelles
Plus froides que l'azur virginal d'un glacier ?

Par quelle nuit limpide où la Route Lactée
Scintillait durement dans un ciel hivernal,
Sur quels marbres gelés fus-tu donc enfantée,
Sur quel lit de frimas, de givre et de cristal ?

Pour que ton être entier farouchement élude
Ou le plus haut bonheur ou le plus haut devoir,
Et s'enferme, obstiné, dans l'âpre solitude
D'une chair sans désir et d'un cœur sans espoir.


L'ÉTRANGÈRE.


Que sais-tu si je suis ce que je te semble être ?
Et que connaît de moi ton jugement hâtif ?

Dans tes propres erreurs ton esprit s'enchevêtre,
Trébuchant pour sortir de lui-même, et chétif


Prétend à mesurer plus loin qu'il ne s'avance,
Avec son insavoir toise la vérité,
Prend son aveuglement pour de la clairvoyance,
Et condamne un dessein qu'il n'a pas médité.


Comme d'autres, j'ai pu ressentir les effluves
De ce souffle troublant et maudit qui, plus fort
Que les vapeurs du vin fermentant dans les cuves,
Nous enivre d'amour au profit de la mort.


Et j'ai pu tressaillir, comme mainte autre femme,
Du désir des baisers, des fièvres, des combats
Sur qui la volupté descend comme un dictame,
Et des lents abandons où l'on se parle bas.


Surtout j'ai pressenti les obscures délices
D'un enfant qui tâtonne et boit à notre sein,
Et le profond bonheur des muets sacrifices
Dont la vigne nourrit la grappe de raisin.

Mais j'ai su démêler la malice et la fourbe
De l'oiseleur qui tend ses éternels appâts,
Et j'ai mené mon corps hors de l'aveugle tourbe
Qui se sème elle-même aux sillons du Trépas.

Ce n'est pas dans des monts neigeux que je suis née,
Mais c'est sur un sommet serein et glacial
Que je mourrai, sachant porter ma destinée
Loin des tièdes limons vers le froid sidéral.

Mes mains, vides d'amour, seront du moins intactes
Des larmes et du sang qui sortent de l'amour ;
Notre infécondité est le seul de nos actes
Dont le bienfait survive à nos êtres d'un jour.

Apprends donc que l'effort que ton vouloir, peut-être,
Applique au clapotis de l'acte et du savoir,
Moi, je l'ai fait descendre aux abîmes de l'être,
Jusqu'à l'instinct qui gît plus bas que le vouloir ;

La lueur de raison qui flotte sur ta vie,
Je l'ai portée aux fonds où la vie a son lit,
Sous les profondes eaux où la bête assouvie
Crée un siècle de mal hors d'un moment d'oubli ;

Si les sources de vie en moi-même sont closes,
C'est que, pour la créer, j'ai voulu la juger !
Et m'ayant entendue et connaissant ces choses,
Ne me condamne plus, imprudent étranger.


### Le Jeune Homme.


O Femme, je commence à mieux voir en ton âme !
Mais je me sens plus triste, en t'aimant mieux encor.
J'admire quel penser éteint en toi la flamme
Par laquelle la vie entre en nous, et en sort !


Mais comprends-tu le plan mystérieux du monde ?
As-tu bien pénétré l'obscur dessein des Dieux ?
Depuis le noir chaos d'où la terre inféconde,
Par des suites sans fin d'essais prodigieux,


A lentement tiré sa forme et sa parure,
Et, de son formidable équilibre aux cristaux,
De sa marche certaine à la réserve sûre
De sagesse amassée aux moindres végétaux.

Lentement dégagé je ne sais quoi d'énorme
Qui, sous un voile épais, ressemble à de la loi,
Si bien qu'elle s'emplit vaguement d'une norme
Qui dans ses flancs confus s'accumule et s'accroît.

Ne te paraît-il pas qu'un sourd effort se fasse,
Qu'il tende et s'élargisse à de lointaines fins,
En lent et sourd progrès montant vers la surface,
Pour arriver au jour jusqu'au cœur des humains ?

La grâce de ton corps et sa forme divine,
L'orgueil de ton esprit plus fier que ce qu'il voit
Ne sont-ils pas la preuve où perce et se devine
Un haut rythme, déjà vainqueur du désarroi ?

Et tu n'as pas le droit de laisser disparaître
Ce point d'obscur progrès en toi-même accompli ;
Ce fragment de victoire il te faut le transmettre,
O femme élue, en qui, du mieux a tressailli !

Et la même bonté par quoi tu te refuses
A laisser de toi naître un surgeon de chagrin,
T'ordonne d'épancher les conquêtes confuses
Que renferment tes flancs et ton clair front serein.

En arrêtant le mal dans ton être stérile,
Crois-tu donc le détruire ou le déposséder ?
C'est le laisser seul maître, et c'est la lutte futile,
Pour combattre un fléau, que de s'en évader.


## L'ÉTRANGÈRE.


Tais-toi ! ne parle pas ni d'espoir, ni d'attente
De quel aveuglement tes yeux sont-ils couverts,
S'ils ne voient pas grandir et croître l'épouvante
Dans cet ordre que sent le farouche univers ?


Oui ! l'ignorant chaos est sans faute et sans force ;
Le crime est apparu dans des temps plus parfaits ;
L'horreur du monde augmente en allant vers l'écorce ;
Sur les sommets de l'Etre éclatent les forfaits !


Ce ténébreux essai de règle et d'ordonnance
D'un monde bestial fait un monde pervers,
Donne au mal une affreuse et sourde conscience,
Et groupe les fléaux en d'odieux concerts.

*Si d'un choc de hasards la douleur n'est pas née,*
*Si ce que nous voyons ressemble à de la loi,*
*D'un vouloir monstrueux elle est donc émanée,*
*Et mon mépris alors s'ajoute à mon effroi!*


## LE JEUNE HOMME.


*O femme, si le crime attend, pour apparaître,*
*Que l'homme ait couronné tant d'informes essais,*
*Cet être, par qui seul il a pu se commettre,*
*Est celui dans lequel se brise son succès.*


*Car si le crime est né sur les sommets du monde,*
*Sur les sommets du crime a paru le remords;*
*Et ce chaos grossier, cette matière immonde*
*Où le mal grandissait quand croissaient leurs efforts,*


*Comme ils ont pu créer ta grâce altière et sobre,*
*De leur inconscience et leur férocité*
*Ont pourtant engendré je ne sais quel opprobre*
*Qui se tourne contre eux, ont pourtant suscité*

L'horreur de ce qu'ils sont, et des êtres capables,
Dans d'étranges élans de leurs fautes tirés,
En étant malfaisants de se juger coupables,
Et d'exécrer le mal dont ils sont pénétrés.

O femme, que ton cœur garde une gratitude
Aux sauvages aïeux qui, chargés d'attentats,
Ont les premiers connu la noble inquiétude
Qu'ils sentaient dans leur joie, et ne comprenait pas.

Ils sont sortis du monde en découvrant le crime,
Entre eux et l'univers se fit un désaccord,
Et l'éclair du remords frappe sur une cime
Plus haute que les monts laissés purs par la mort.

Car l'absence du mal n'est pas une victoire,
Sa défaite commence à son premier regret,
Et les astres du ciel contiennent moins de gloire
Qu'un pleur de repentir versé sur un forfait.

Cent crimes accomplis n'expliquent pas le rêve
Qu'ils devraient n'être pas, et même le seul mot
Par quoi tu les flétris, les domine et l'élève
Au-dessus de leur force et de leur pourpre flot.

*Que quelque chose en nous les condamne et les juge,*
*Que le verbe ait paru qui les nomme le Mal,*
*Que, hors de leur orgueil, l'homme cherche un refuge*
*Dans les vagues lueurs de son gouffre mental,*

*N'est-ce pas un mystère insondé, qui pénètre*
*Cet univers mauvais, aveugle ou criminel,*
*D'un meilleur, d'un secret, d'un bienfaisant Peut-être,*
*Ainsi que l'océan se pénètre de ciel?*

*Et la porte n'est pas fermée à l'espérance*
*Que cette étrange fleur d'idéal puisse, un jour,*
*Puisqu'elle a pu germer, s'épanouir immense,*
*Faisant du monde ancien le fumier de l'Amour.*

*C'est pourquoi, douce femme, en qui brûle la haine,*
*La noble et haute horreur qui parfait la beauté,*
*Des tourments dont le flux immémorial traîne*
*Tout ce qui dans le jour et dans l'être est jeté,*

*Reprends un peu courage, apaise l'amertume*
*Où ton cœur trop pressé s'obstine à s'enfermer;*
*Si dans la nuit du temps un peu d'espoir s'allume*
*C'est assez pour vouloir, pour te laisser aimer.*

Combats le dur chaos mieux qu'en lui laissant place,
Plonge et prolonge en lui ton instant idéal.
Fais germer une fleur en la fine crevasse
Que tu mets dans le mur cyclopéen du Mal.

Et si tu veux doubler ton effort par un autre,
Laisse tomber ta main dans la mienne, et dis-moi
Qu'un maillon du progrès humain sera le nôtre,
Et viens faire ma vie utile sous mon toit.

Tu la rendras heureuse aussi, chère étrangère.
Si tu veux apporter dans mon humble maison
Ton sourire nombreux, et ta démarche fière,
Et ta voix dont toujours je garderai le son.

C'est quelque chose encor de créer de la joie,
Fût-ce pour une vie, ou même un seul moment,
Et si tu dois passer sitôt, du moins emploie
Le vin qui fut versé dans ton être charmant,

Pour donner un instant de splendeur et d'ivresse
A celui qui rêva de te garder toujours ;
Incline un peu l'amphore, ô femme, et fais largesse
De tes félicités à nos brèves amours.

Ou plutôt, étrangère, empêche que toi-même
Tu ne prêtes la main à l'exécrable loi,
Ne fais pas, de ton gré, souffrir celui qui t'aime
Et vivra malheureux s'il ne vit près de toi.


L'ÉTRANGÈRE.

J'ai trop longtemps goûté le miel de ta parole,
Je sais de quelle coupe il recouvre les bords,
La coupe mensongère et dont le vin affole,
Dont l'ivresse est démence, et la lie est remords.


Garde-la dans ta main, je ne veux pas y boire ;
C'est trop d'avoir souffert que tu pusses l'offrir,
Trop d'avoir écouté ton rêve dérisoire,
Trop d'avoir pu sembler, peut-être, y consentir.


De l'infâme Vénus je reconnais le piège,
Moins grossier, je le veux, pour me venir par toi ;
Mais Minerve aux yeux froids me garde et me protège,
Et met sa lance d'or entre tout homme et moi.

Pour ces lointains progrès dont ton âme incertaine
N'ose pas affirmer qu'ils existent vraiment,
Je ne me joindrai pas au cortège qui traîne
Un désir de bonheur qui s'achève en tourment.

Je ne vous suivrai pas sur la route inclémente,
Vous qui portez plus loin les tentes du Trépas !
Consentez à remplir de fièvre et d'épouvante
L'espace fugitif où trébuchent vos pas,

O cœurs sans résistance, ô navettes dociles,
Dont l'Amour et la Mort tissent, d'un jeu trompeur,
L'étoffe où le Destin, à la voix des Sybilles,
Brode inlassablement l'éternelle Douleur !

Le maître dont les mots ont martelé mon âme,
Contre votre démence a su me l'affermir,
Et forgé son métal au point qu'aucune flamme
Ne pourra désormais la faire tressaillir.

Quand, debout entre deux colonnes du portique,
Il parlait de l'Amour, doux et désolateur,
Son discours sinueux et sa raison stoïque
En peignaient les attraits et dévoilaient l'erreur.

J'ai gardé ses propos ; contre tout artifice
Mon âme est prévenue ; autour de mes dédains
Ceux qui croient avoir pris la raison pour complice
Ne traînent, à mes yeux, que des sophismes vains.


### LE JEUNE HOMME.


Ah ! maudit le rhéteur égoïste et perfide,
A qui ton noble cœur doit d'être empoisonné !
Il détestait l'Amour en son âme sordide,
Parce qu'il l'ignorait ou l'avait profané !


Ou c'était un vieillard qui, finissant la vie,
Jetait un œil haineux sur qui la commençait,
Et, le cœur inondé par le fiel de l'envie,
Trouvait un goût amer à tout ce qu'il laissait.


En voyant ta jeunesse éclore en la lumière,
Alors qu'en ses yeux creux s'accumulait la nuit,
De ses doigts décharnés prenant de la poussière
Au sépulcre prochain ouvert déjà pour lui,

*Il jeta sur ton front cette funèbre cendre*
*Qui devait t'enfermer dans un voile de mort,*
*Et contre les désirs des vivants te défendre,*
*Dont il serait jaloux aux lieux d'où nul ne sort.*


## L'ÉTRANGÈRE.


*C'était un philosophe à la pure sagesse ;*
*Je ne sais si son cœur avait saigné jadis,*
*Sa vie était austère, et sa seule faiblesse*
*De manger de beaux fruits par le soleil tiédis.*


*Sur sa lèvre souvent voltigeait le sourire,*
*Mais quand il dénonçait l'obscure cruauté*
*Qui recrute la vie afin de la détruire,*
*Son front était d'airain et son verbe irrité.*


*La vérité tombait de sa bouche sereine,*
*Sa main, quand il parlait, avait l'air de semer ;*
*Bienfaisant le semeur de qui tombe une graine*
*Qui prévoit la faucille et ne veut pas germer !*

### LE JEUNE HOMME.

*Misérable structeur de mots et de systèmes !*
*Présomptueux qui croit l'univers en ses mains,*
*Quand il voit s'allonger, dans l'antre des problèmes,*
*L'ombre que font la vie et les actes humains !*

*Femme, l'ignores-tu, la parole innombrable*
*Dans le moindre des faits se dissout et se perd !*
*Pas plus que les légers plissements sur le sable*
*N'expriment l'infini mouvement de la mer,*

*Les lignes, les replis, les gonflements des vagues,*
*Les frissons de l'écume et les chocs des remous,*
*Nous ne pouvons tenir dans nos pauvres mots vagues*
*L'infini flux d'instincts qui se remue en nous.*

*Que veux-tu mesurer par un peu de langage*
*La profondeur du monde et notre profondeur,*
*Et que vaut le discours étroit et court d'un sage*
*Contre l'immensité d'un battement du cœur ?*

Crois-moi, laisse tomber dans un coin de ton âme,
Comme un jeu d'osselets dans un coin de maison,
Quand un vaste souhait te veut et te réclame
Laisse tomber ce sec et vain jeu de raison !

D'ailleurs, l'Amour qui plie et flétrit les pensées
Nous soulève et nous porte à des états nouveaux,
Où les choses, mouvant leurs bornes déplacées,
Changent le monde obscur qu'embrassent nos cerveaux ;

Le sens d'actes profonds se montre et se révèle,
Comme un reflet d'esprit paraît en leur dessein,
A travers l'être entier la raison se morcelle,
Des lueurs de devoir s'agitent dans l'instinct ;

Et le corps et le cœur, en alliance intime,
Se pénétrant l'un l'autre, et tous deux élargis,
Dépassent de partout ce que la langue exprime,
Ce que l'esprit conçoit en ses moments hardis ;

Et les fruits de l'Amour, amplifiant la vie,
Agrandissant encor ce qui se montre en nous,
Et la Raison captive, au langage asservie,
Regarde ce mystère avec des yeux jaloux.

Alors ce que tu prends pour prudence et sagesse
Semble l'ivresse affreuse et vide des néants ;
Tu le verras plus tard à l'amère détresse
Qui saisira ton cœur par la voix des enfants.

Tu gémiras alors ! Tes mains inoccupées,
Veuves à tout jamais de leur sacré fardeau,
Soutiendront tristement, de tes larmes trempées,
Ton front qu'emplira seul le regret d'un berceau.

Plus ta nature est forte et riche et généreuse,
Plus grand sera l'exil où tu vivras en toi,
Et tu détesteras la science odieuse
Qui fit de tes flancs purs la lande où rien ne croît.

Quand la vieillesse impie aura posé ses rides
Sur ton visage fier, digne d'être immortel,
Des rides sans douceur, stérilement arides
De n'avoir point porté le souci maternel,

Tu te demanderas pourquoi d'autres visages,
Que tu connus moins beaux et moins doux que le tien,
Lentement achevés par de nobles usages,
Ont pris un plus royal aspect et plus serein ;

Pourquoi tes yeux trop froids et tes lèvres trop dures
N'ont pas, comme les leurs, de paisibles rayons ;
Pourquoi ta face a l'air de porter des blessures,
Lorsque d'autres ont l'air de porter des sillons ;

Et tu convoiteras, le long des nuits amères,
Ces retours de jeunesse et presque de candeur
Que les regards d'enfants rendent aux yeux des mères,
Et qui doivent aussi leur aller jusqu'au cœur.

Tu reverras alors la rencontre oubliée
Où l'étranger jadis, au détour du chemin,
T'avait vanté l'Amour, et t'avait suppliée
De lui donner ta vie en lui tendant ta main ;

Et sa voix, qu'aujourd'hui ton âpre orgueil élude,
Parlera d'un accord qui, longtemps jeune et beau,
Mène, par la tendresse et par la gratitude,
Les deux époux unis jusqu'au même tombeau ;

Car si l'un d'eux, s'en va, l'autre possède encore
Ce qui reste de lui dans l'âme et dans les chairs
D'enfants, dont la beauté maintient, consacre, honore
Ce qu'il était avant de descendre aux Enfers.

Tu l'écouteras, triste et la tête baissée,
La voix qui t'apportait un fragment d'avenir ;
Tu te retourneras vers l'heure dépassée
Vers qui le pas humain ne peut plus revenir ;

Tu tiendras, dans le creux de tes deux mains, la cendre,
Le petit tas éteint de ce peu de raison
Qui t'empêche aujourd'hui, cruelle, de m'entendre,
De voir mon bras tendu qui montre ma maison.

Et tu sauras aussi que l'orgueilleuse flamme
Qui tua ta tendresse en séchant ton espoir,
Du même feu mortel brûla, dans une autre âme,
Le bonheur, la fierté, peut-être le devoir.

Pourquoi te tais-tu donc ? N'as-tu rien à répondre ?
Et pourquoi vers le sol tiens-tu ton front penché ?
J'attends les hauts propos qui doivent me confondre,
Du dédain sur lequel ton cœur s'est retranché !

Ah ! je te suppliais de mettre, tout à l'heure,
Dans mes yeux, la douceur que ton regard contient !
Regarde-moi ! je veux à mon tour que demeure,
Dans tes yeux, la détresse et la douleur du mien !

Relève donc ton front! Quoi! tu connais les larmes!
Très aimée, adorée! ah! laisse-les couler!
Qu'elles lavent ton cœur des pernicieux charmes
Qu'en elles je crois voir se dissoudre et trembler!


## L'ÉTRANGÈRE.


Ne touche pas ma main! Laisse-la solitaire!
Je ne veux pas aimer! Je ne veux pas aimer!
Non! je n'aimerai pas! Je t'ordonne de taire
Ce murmure d'amour où tu crois m'enfermer!


Laisse-moi, laisse-moi suivre mon chemin seule!
Retourne sous ton toit où je n'entrerai pas!
Je ne veux pas aimer! j'ai vu des pleurs d'aïeule,
Et des mères en vain appeler des ingrats!


Je ne veux pas aimer! Je ne veux pas qu'on m'aime!
Mon sein restera vide entre mes bras ouverts!
Non je n'aimerai pas! Et que la main qui sème
Les épis de la mort se sèche dans les airs!

*Recule-toi ! Merci d'avoir montré sa route*
*A celle que ne doit retenir aucun lieu !*
*Le chagrin que ton cœur trop ingénu redoute,*
*Le temps, d'autres amours le guériront ! Adieu !*

Elle s'éloigne par le sentier abrupt qui franchit la colline. Le jeune homme la suit tristement des yeux. Lorsqu'elle est à quelque distance, il voit passer, entre elle et lui, un jeune paysan qui revient du travail avec sa femme. Celle-ci porte dans ses bras un enfantelet dont la tête endormie pose sur l'épaule maternelle ; et l'homme tient par la main un enfant un peu plus âgé dont les petits pas se multiplient pour accompagner les siens. Ils se parlent en se souriant.

En apercevant cette image de ceux qui acceptent et transmettent la vie, et ne la discutent pas, le jeune homme sent éclater son chagrin et laisse tomber sa tête dans ses mains. L'étrangère, parvenue au sommet de la colline, se retourne comme pour le voir encore et semble hésiter un instant. Mais lui, le front courbé, ne l'aperçoit pas. Elle se ressaisit par un geste brusque, et s'élançant sur l'autre versant, elle disparaît.

# TABLE

# TABLE

*Achevé d'imprimer*

LE 15 JANVIER MCMXXIII

*par*

L. DANEL

*à*

LILLE.